신의 카르테 0

KAMISAMA NO KARTE 0

Original Japanese edition published by SHOGAKUKAN.
Korean translation rights in Korea arranged with SHOGAKUKAN
through Shinwon Agency Co.

신의 카르테 0

새로운 시작

나쓰카와 소스케 장편소설
백지은 옮김

arte

차 례

일러두기

옮긴이주는 괄호 안에 '옮긴이'를 함께 넣어 표기하였습니다.

제1장

동틀 무렵

시나노대학교 의학부의 학생 기숙사인 '아리아케' 앞마당에 수많은 협죽도(夾竹桃)가 피어 있다.

8월 초순, 눈부신 햇살이 내리쬐는 정원 안에 새빨간 꽃잎이 이따금씩 고개를 끄덕이며 흔들거리다가 갑자기 생각에 잠긴 듯이 고갯짓을 뚝 멈춘다. 새하얀 빛 속에 빨갛고 선명한 빛깔을 품은 채 화려한 여름 풍경을 반사시킨다.

신도 다쓰야는 1층 식당 의자에 앉아 여름의 상징과도 같은 그 새빨간 꽃을 응시하고 있었다.

잎은 대나무와 같고 꽃은 마치 복숭아 같아서 협죽도라는 이름이 붙여졌다는 이 꽃은, 겨울에 피는 복수초와 더불어 다쓰야가 제일 좋아하는 꽃 중 하나이다. 언제나 선명한 붉은색을 띠고 있으며 튼튼하게 잘 자라서, 기후가 좋을 때는 2~3개월까지도 충분히 꽃을 피운다. 그렇게 생기 넘치는 자태를 지니고 있으면서도 꽃과 잎과 뿌리, 다시 말해 모든 부분에 꽤나 강한 독성을 숨기고 있다. 그런 점이 어딘지 모르게 어울리지 않으면서도 참으로 재미있는 꽃이다.

"어쨌든."

다쓰야가 가볍게 눈을 찡그렸다.

그는 이렇게 기숙사 앞마당을 응시할 수 있는 기회도 올해가 마지막이라며 아련한 감회에 젖어 있었다.

다쓰야는 시나노대학의 의학부에 다니는 의대생으로 지금은 마지막 학년인 6학년에 재학 중이다. 신슈의 마쓰모토에서 태어나 마쓰모토에 있는 대학교에 합격하여 지금에 이르렀다.

6학년 여름이라는 건, 바로 한창 국가시험 공부에 열중해야 하는 시기를 뜻한다. 지금도 실내로 시선을 돌려보면 친구들은 커다란 탁자를 둘러싸고 앉아서 내과 의학 책이나 해부학 도감을 펼친 채, 묵묵히 공부에 열중하고 있다. 내과와 외과부터 이비인후과, 안과, 성형외과까지, 온갖 임상 지식을 총망라해야 할 뿐만 아니라, 기초 의학부터 윤

리학에 이르기까지 광범위한 모든 영역을 섭렵해야 하는 것이 바로 국가시험이기 때문에 그 공부는 좀처럼 쉬운 일이 아니다.

'하긴…… 의사가 되어 매일매일 겪게 될 고통에 비하면 이 정도의 고생은 아무것도 아니겠지만…….'

다쓰야는 눈앞에 쌓인 의학서를 쳐다보며 나지막하게 쓴웃음을 지었다.

"뭐야, 기분 나쁜 놈일세. 왜 혼자 실실 웃고 있어?"

친구 무리 중 한 명이 불쑥 말을 던졌다.

두꺼운 『표준 외과학』을 펼쳐놓은 구리하라 이치토가 쓸데없이 영리한 눈빛으로 다쓰야를 쳐다보고 있었다.

"커다란 놈이 앞마당 쪽을 쳐다보면서 히죽히죽거리고 있다니, 별로 보기 좋은 풍경은 아니네. 제아무리 튼튼한 협죽도라도 그런 널 보면 징그러워서 시들어버리겠다."

이치토가 독설을 퍼붓는 것은 늘 있는 일이다.

고치현 출신인 이 친구는 작가 나쓰메 소세키에 빠져서 『풀베개』를 첫 구절부터 전문을 줄줄 암송할 수 있는, 색다른 특기를 가지고 있다. 괴짜가 많은 의학부 안에서도 손에 꼽힐 정도로 이상한 놈이지만, 다쓰야와는 1학년 때부터 꾸준하게 별다른 문제 없이 좋은 친구로 지내고 있다.

“그건 미안. 협죽도한테도 사과해둘게.”

“태평해서 좋네. 성적 우수자의 여유라는 건가?”

“질투하지 마, 이치토.”

이치토의 옆에서 검게 탄 피부의 거한이 끼어들었다. 홋카이도의 낙농가 출신인 스나야마 지로이다.

“다쓰는 우리랑은 머리 구조가 아예 달라. 나도 다쓰 정도의 두뇌를 갖고 있었다면 제2해부학 추가시험도 피할 수 있었을 텐데.”

“잠깐, 지로!”

이치토가 그 괴물에게 차가운 시선을 보냈다.

“다쓰의 성적에 관해 트집 잡을 생각은 없다만, 너랑 나를 ‘우리’라고 같이 엮지는 마. 대단히 불쾌하단 말이다.”

“부끄러워하긴. 약리학도 그렇고 해부학도 그렇고 같이 추가시험을 보게 된 우리는 동지잖아.”

푸하하하 밝게 웃는 지로 옆에서 이치토가 이마에 손을 올리며 한숨을 내쉬었다.

“다행이다. 나만 그런 게 아니라서. 나도 지금 추가시험만 앞으로 네 개나 남아 있으니까.”

다쓰야의 바로 옆에 앉아 있던 여학생이 한쪽 팔꿈치를 댄 채 투덜거렸다.

구사키 마도카. 오카야마현 출신으로 작년까지는 테니스 동아리의 부장을 맡았고 전국 대회에도 출전했을 정도로 뛰어난 실력을 갖고 있다. 운동신경은 남다르지만 학업에 관해서는 추가시험만 줄줄이 치르고 있는 상태이다.

"테니스랑 똑같아. 간당간당하게 라인 위를 공격하는 맛이 있다고."

이런 발언을 하면서도 벌써 몇 번이나 시원하게 라인오버를 했고, 다쓰야에게 울면서 매달리는 일도 일상다반사이다.

입이 좀 거칠기는 하지만 성격은 명랑해서 몇 년 전부터 여학생도 들어올 수 있게 된 이곳 아리아케 기숙사에 있는 여학생 중에서는 최고로 흥이 많다.

"성적 우수자, 외모도 그럭저럭. 거기에 귀여운 여자친구까지 있다니 그저 부러운 이야기야."

그녀는 다쓰야에게 흘끗 눈을 돌리며 그런 말을 했다.

"그럭저럭 생겼다는 말에는 찬성할 수가 없네."

"저렇게 여유를 부리고 있고. 꽃을 감상하는 척하면서 여자친구 생각이나 하고 있었겠지."

"그런 거였어? 다쓰…… 저 부러운 자식."

갑자기 지로의 큰 목소리가 들려왔다.

"치나쓰 짱 말인데, 진짜 귀엽지 않아? 이제 5학년이지? 저번에 병원 안에서 임상 실습하고 있는 걸 봤는데 웃는 얼굴이 정말 심하게 예쁘더라. 반칙이야."

"심한 건 너의 존재야, 지로."

"이치토, 너 그렇게 말하지만 너도 치나쓰 짱하고 장기 두고 있을 때 보면 꽤 행복한 표정이었거든?"

지로의 한마디에 이치토는 보란 듯이 『스테드맨 의학대사전』을 넘기면서 말했다.

"말도 안 되는 소리 하지 마. 내가 즐겼던 것은 장기 그 자체였지, 그 외의 것은 전부 그저 부록에 지나지 않아."

"센 척하네. 임자 있는 여자를 좋아하던 주제에."

마도카의 거침없는 목소리가 끼어들었고 이치토는 머쓱해져버렸다.

기사라기 치나쓰는 이치토의 권유로 장기부에 들어왔던 의학부 1년 후배이다. 장기부 부원이기는 했지만 원래 주된 동아리 활동은 테니스부였다. 팀을 지탱해주는 에이스급의 선수였으므로 전 테니스부 부장이었던 마도카와는 특별히 사이가 좋다.

"임자 있는 여자를 좋아한 게 아니었다고 하더라도 변변치 못했던 건 확실한 거지. 치나쓰랑 2년 동안 장기부에 같이 있었으면서 결국 신도 군에게 전부 빼앗겨버렸잖아. 그건 남자로서의 능력이 없다는 거야."

가차 없이 뱉어내는 마도카의 일침에 이치토는 평소와 달리 한마디도 받아치지 못했다.

다쓰야와 이치토가 기사라기 치나쓰를 두고 삼각관계를 구축하고 있다는 이야기는 작년 의학부 안에서 큰 화젯거리였다. 사실 삼각관계라고 말할 정도의 일은 아무것도 없었고 그저 이치토가 혼자 그녀를 바라보고 있었던 것뿐인데, 그런 소문이 퍼져버린 후에는 자그마한 사실관계는 다들 상관하지 않게 되어버린다.

"구사키, 너야말로 다른 사람한테 이러쿵저러쿵 말하기 전에 자신을 돌아보지그래? 오노데라 선배하고 잘 안 되고 있다고 들었는데 말이야?"

"언제 적 얘기를 하고 있는 거야? 그런 변태 외과 의사는 벌써 반년 전에 차버렸는데. 여전히 세상 돌아가는 소식을 잘 모르는구나."

이치토가 겨우 던진 혼신의 공격을 그녀는 시원하게 콧바람으로 날려버렸고 그는 다시 벙어리가 되었다.

"아직 청춘이군요……."

나직하게 중얼거린 건 그때까지 잠잠히 그들의 수다를

지켜보고 있던 또 한 명의 남자였다.

아주 얇은 머리카락 밑에 사람 좋아 보이는 얼굴로 미소를 띠고 있는 이 남자는 아무리 봐도 학생으로는 보이지 않지만 그도 분명히 의학부 6학년에 재학 중인 학생이다. 구스다 시게마사는 관리직으로 출세해 사회생활을 하다가 이곳 의학부에 입학한 특이한 경력을 갖고 있다. 나이는 52세로 의학부 학생들 중에서는 최고령자이기도 하다.

"역시 여러분과 같이 공부하길 잘했어요. 이상하게 혼자서 하는 것보다 더 잘되는 것 같아."

"그렇다니 다행이네요." 다쓰야가 조심스럽게 대답했다. "반 정도는 쓸데없는 수다일 뿐이에요. 시게 씨가 공부하는 데 방해가 되지 않는다면 좋겠지만……."

"난 즐겁게 하고 있어요. 덕분에 벌써 점심시간이네요. 오늘은 슬슬 그만해야겠어요."

아침부터 시작해서 점심에 끝을 내는 것이 이 스터디 그룹의 공부 방식이다. 시게 씨는 털이 덥수룩한 굵은 팔로 의학서를 덮으며 말했다.

"시험 압박 때문에 공부하자, 공부하자고 매번 말하고 있기는 하지만, 이렇게 즐거운 이야기를 나누는 시간마저 없었다면 길게는 못 했을 거예요. 남녀 사이의 문제는 모든 인간이 항상 갖고 있는 최대의 관심거리니까요."

후후훗, 하고 의미심장한 웃음을 띠고 있다.

"시게 씨는 말이에요." 갑자기 마도카가 뒤를 돌아보았다. "아직 여자친구 없어요?"

"마도카 씨는 또 이렇게 대머리 중년 아저씨의 가슴을 후벼 파는 질문을 하네요."

호탕하게 웃으며 대답한 시게 씨는 그저 밝기만 했다.

"그렇잖아요. 여자가 봐도 시게 씨는 자상하고 차분하고. 뭐 나이가 좀 들긴 했지만 이제 쉰을 갓 넘겼을 뿐이잖아요. 하나도 늦지 않은 것 같은데."

"듣기 좋은 말을 해주네요. 그래도 뇌는 확실하게 노화가 시작돼 지금은 눈앞의 교과서를 머리에 집어넣는 것만으로도 꽤나 힘이 듭니다. 연애는 의사가 되고 나면 하죠 뭐. 그땐 병원에서 귀여운 간호사를 찾아볼게요."

"이거 봐, 나오잖아. 범죄자 시게 씨의 야망 가득한 소리!"

천박하게 높은 목소리로 깔깔거리는 마도카와 시게 씨의 의미심장하고 비밀스러운 웃음이 합쳐지자 섬뜩하기가 그지없다. 옆에서는 이치토가 정말이지 질린다는 얼굴로 조용히 캔 커피를 축이고 있다.

그렇게 혼돈스러울 정도로 어수선한 공기와 함께 다쓰

야는 지금 이 시간이 너무나도 귀중한 시간이라고 새삼 느끼고 있다. 이렇게 모두가 모일 수 있는 기회는 올해가 마지막이기 때문이다.

태어난 곳도, 쌓아온 경력도, 이제부터 선택할 진로도 전혀 다른 이 사람들이 이렇게 같은 책상에 둘러앉을 일은…… 어쩌면 다시는 없으리라.

"다쓰."

갑자기 이치토의 목소리가 들렸다. 다쓰야가 고개를 들자 이치토가 정원 울타리 쪽을 쳐다보면서 눈빛을 보내고 있었다.

돌아보니 기숙사 앞 좁은 길로 회색 자동차가 들어오는 것이 보였다. 울타리 중간에 멈춘 자동차 창문이 열렸고 몸을 쑥 뺀 여자가 좌우로 손을 크게 흔들었다. 한여름 내리쬐는 태양 밑, 생기 넘치는 그녀의 손동작은 눈이 부실 정도였다.

"저 바보. 정말로 배려라는 게 없다니까."

마도카의 질린 얼굴에 다쓰야도 쓴웃음을 지을 수밖에 없었다.

"데이트입니까?"

생글생글 웃으며 시게 씨가 물었다.

"서로 좀처럼 시간 내기가 힘들어서……."

머쓱한 듯 웃으며 주변의 책들을 정리하기 시작한 다쓰야에게 시게 씨는 웃는 얼굴로 말을 건넸다.

"함께 보내는 시간은 소중한 거니까요. 좋아하는 마음만 있으면 멀리 떨어져 있다고 해도 마음이 통한다고들 하는데, 그 문제가 그렇게 간단하지만은 않더라고요."

"시게 씨가 그렇게 말하니까 뭔가 의미심장하게 느껴지는데요?"

"아아, 나에게도 마음이 통하는 남자친구가 있었으면 좋겠다."

지로와 마도카는 또 아무 말이나 내뱉고 있다.

그 옆에서 노트에 시선을 꽂은 채 앉아 있던 이치토의 담담한 목소리가 들려왔다.

"내일 스터디도 아침 9시부터다."

"알겠어."

다쓰야는 고개를 끄덕거리고 일어섰다.

8월의 신슈는 1년 중 유난히 관광객이 많이 찾아오는 시즌이다.

그중에서도 가미코치의 입구라고 할 수 있는 마쓰모토

에는 갓파바시 다리를 산책하려는 나이 지긋한 중년 무리부터, 야리가타케와 호타카 연봉으로 향하는 베테랑 등산객들까지 수많은 사람들이 오고 간다. 역 근처는 물론 마쓰모토성 주변까지도 평소에는 쉽게 볼 수 없는 등산 장비를 갖춘 여행객들이 지나다니고 있기 때문에 굉장히 북적거리며 활기를 띤다.

그 거리를 차로 내려가다 보면 곧바로 정체 때문에 길이 꽉 막혀버리지만 애마 지무니 안에서 핸들을 꼭 쥐고 있는 치나쓰의 기분은 평소와 다르게 한껏 들떠 있었다. 오랜만에 조수석에 다쓰야가 앉아 있어서였다.

5학년인 치나쓰는 이미 임상 실습을 시작해서 매일 병원과 집을 왔다 갔다 하며 바쁜 일상을 보내고 있다. 다쓰야 또한 국가시험에 대비해 공부를 하고 그와 동시에 졸업시험도 통과해야만 하기 때문에 좀처럼 둘만의 시간을 낼 수 없었다.

"치나쓰, 임상 실습은 어때? 많이 힘들어?"

다쓰야의 목소리에 치나쓰는 전방을 주시한 채 밝은 목소리로 대답했다.

"처음 보는 것들 투성이라 힘들기는 하지만 그래도 즐겁게 하고 있어. 아마 매일같이 교과서랑 눈싸움만 하고 있는 닷 짱보다는 편할 거라고 생각해."

"치나쓰답네. 지금은 응급실에 있다고 했나?"

"응. 아침 일찍 일어나는 게 조금 힘들기는 한데, 우락부락하게 생긴 선생님들이 의외로 다들 좋은 분들이라 재미있어."

다쓰야는 "말이 좀 심하네"라면서 이상하다는 듯이 웃었다.

"닷 짱, 스터디하고 있는 건 어때? 매일매일 하는 거야?"

"뭐 매일이긴 한데, 반 정도는 그냥 떠들고 놀아. 어쨌든 멤버가 그 멤버인지라."

"구리하라 선배에다가 마도카 선배에다가……."

"스나야마랑 시게 씨."

치나쓰도 무심코 웃고 말았다.

"개성파들만 모여 있는 6학년 중에서도 최강의 멤버들이니까. 우리 학년 사이에도 소문이 자자해."

"그거 곤란한데. 나까지 그 이상한 그룹에 포함되는 거 아냐?"

"닷 짱도 뭐 괴짜 구리하라 선배랑 계속 친하게 지내고 있으니까, 당연히 그 최강의 멤버 중 한 사람이겠지?"

"치나쓰, 구리하라랑 마도카한테 나쁜 영향을 받긴 했나

보네. 옛날엔 이렇게 독설을 하지 않았는데."

슬쩍 흘겨보는 다쓰야를 보며 치나쓰는 즐거운 듯 소리 높여 웃었다. 놀리고 있기는 하지만 그녀는 다쓰야에게 큰 존경심을 갖고 있다.

본가에서 운영하는 소바 가게를 도와주면서 스스로 학비를 벌어 대학에 다니고 있고, 지금의 스터디 그룹도 함께 공부한다고 하기보다는 모두가 다쓰야에게 가르침을 받기 위해 모인 것이다. 이런 다쓰야의 생활이 치나쓰로서는 쉽게 상상할 수 없는 일이었다.

치나쓰는 '지금 굉장한 사람과 사귀고 있다'는 사실을 때때로 실감하곤 했다. 그와 동시에 희미한 불안감이 가슴을 스쳐 지나갔다.

'신도 선배'라고 부르다가 '다쓰야 씨'라고 부르게 되었고, 다시 '닷 짱'이라고 부르기까지 꽤나 오랜 시간이 걸린 것 같지만 실제로는 1년 정도밖에 되지 않았다. 그리고 그 짧은 시간 동안 다쓰야는 졸업을 해버리고 말 것이다.

치나쓰는 자기도 모르게 조수석 쪽으로 흘낏 시선을 옮겼다. 다쓰야는 언제나 변함없는 과묵함으로 조용히 창밖을 바라보고 있었다.

"데이토대학교 연수 코스는 어떻게 하기로 한 거야?"

치나쓰는 최대한 자연스러운 말투로 물어볼 작정이었지만 조금은 어두워진 마음을 전부 감추지는 못했다는 것을 스스로도 느꼈다. 그런 치나쓰의 불안한 마음을 눈치챈 걸까. 다쓰야는 조용히 생각을 하다가 입을 열었다.

"아직 고민하는 중. 나 의외로 우유부단해."

도쿄에 있는 데이토대학교 부속병원은 침상 개수만 천 개가 넘는 일본 최대의 전문 의료기관이다.

레지던트 교육에도 힘을 쏟고 있기 때문에, 매년 전국 각지에서 많은 희망자들이 쇄도하지만 교육 수준을 유지하기 위해 받을 수 있는 레지던트의 인원은 제한되어 있다. 다쓰야가 그 레지던트 채용 시험에 도전한 것은 아직 벚꽃이 아리땁게 꽃을 피우고 있던 석 달 보름 전쯤의 일이었다. 그리고 합격을 알리는 통지가 온 것은 불과 며칠 전의 일이다.

"데이토대학의 연수는 수준이 높은 만큼 엄격해. 가게 되면 당분간은 여기에 돌아올 수 없을 거야. 아마 1년에 한 번 정도가 되지 않을까 싶어."

"그럼 닷 짱의 어머니 혼자 계시게 되겠네."

"그건 각오하고 있던 일이야. 하지만 지금 나한테는 치나쓰가 있으니까."

가식이라고는 전혀 없는 그의 한마디에 치나쓰는 무심코 고개를 조수석으로 돌렸다. "앞을 봐, 앞을"이라며 쓴웃음 섞인 다쓰야의 목소리가 들려왔다.

"그렇게 놀랄 것도 없잖아."

"놀라는 게 당연하지. 힘들게 합격한 데이토대학의 연수하고 나 따위를 비교한다는 게……. 그리고 그런 건, 원래 데이토대학에 원서 넣을 때부터 알고 있었던 일이잖아."

"아니…… 솔직히 붙을 거라고는 생각도 못 했어."

곤란한 얼굴로 고개를 갸웃거리는 다쓰야의 모습에 치나쓰는 어이가 없었다.

'다쓰는 머리가 좋은 것치고 멍청한 남자야.'

오래전에 구리하라 선배가 그런 말을 했던 것이 갑자기 떠올랐다. 치나쓰는 이제 와 새삼스럽게 그 말을 이해할 수 있었다.

"모처럼 얻은 기회인데 이대로 날려버리면 닷 짱 아마 후회할 거야."

"역시, 치나쓰는 내가 도쿄에 가기를 원하고 있구나."

"그게……."

그녀는 대답할 말을 찾지 못했다. 치나쓰는 다쓰야를 슬쩍 보고 말을 던졌다.

"……닷 짱, 못됐어. 그런 식으로 말하고 말이야."

"나도 자각은 하고 있어. 스터디를 계속하다 보니까 개네들이랑 비슷해졌겠지."

치나쓰는 자기도 모르게 작게 어깨를 흔들며 웃었다.

마침 신호등에 빨간불이 들어오자 치나쓰는 지무니를 멈춰 세우고 핸들을 탕탕 두드린 후 말했다.

"나는 아무 말도 안 했어. 닷 짱이 하고 싶은 대로 해."

"아~ 치나쓰가 잘하는 '문제 떠넘기기'를 또 하시겠다?"

"아니, 어쩔 수 없잖아. 어느 쪽을 선택하든 내가 도쿄에 가는 것도 아니니까."

"아, 내가 틀렸다. 떠넘기기가 아니고 팽개치기였구나."

"그 대신." 치나쓰는 조금 큰 목소리로 막아섰다. "그 대신, 졸업할 때까지 별로 시간이 없으니까 앞으로 조금만 더 시간을 내줘."

갑작스러운 치나쓰의 요구에 다쓰야는 두 번 정도 눈을 깜빡거렸다.

"졸업 시험도 있고 힘들겠지만 닷 짱이랑 어딘가 놀러 가보고도 싶고……. 그러면 나도 기분 좋게 보내줄게."

대답이 없다. 흘끗 옆을 보니 다쓰야는 의외로 심각한 얼굴을 한 채 생각에 잠겨 있었다.

"응. 그건 상관없는데, 어디에 가고 싶은 건데?"

"어디……냐고 물어도……."

의외로 치나쓰는 자세하게 생각해본 적이 없었다.

"어디라도 상관없어. 그냥 어디든 가고 싶어."

"뭐야, 그게."

"뭐라도 상관없다고. 뭐 신기한 걸 보러 가든지, 경치가 예쁜 데가 있으면 그런 데도 좋고. 어쨌든 닷 짱이랑 같이 추억을 만들어두고 싶어."

너무 이기적인 말을 하고 있다는 것을 치나쓰 자신도 알고 있다. 하지만 이렇게 가끔씩밖에 만날 수 없는데 이 정도는 칭얼거려도 괜찮지 않을까 하는 마음도 있었다.

"알겠어. 생각해볼게."

그가 언제나처럼 따뜻한 목소리로 대답해주는 것이 오히려 조금은 분해서 치나쓰는 말을 덧붙였다.

"거기에 하나 더."

그녀는 기세 좋게 기어를 움직이며 말했다.

"오늘 고기 왕창 먹을 건데 닷 짱이 전부 다 내야 돼."

"야, 야!" 하고 웃고 있는 다쓰야에게 치나쓰는 "자, 출발!"이라며 야무진 목소리로 말한 후 액셀을 밟았다.

의학부 6학년에 재학 중인 학생들에게 여름부터 가을까지는 그야말로 '시험의 시기'라고 할 수 있다.

어느 병원에 취직해야 좋을지 정보를 수집하거나 참관을 통해서 진로를 탐색하고, 끝없이 계속되는 졸업 시험을 순차적으로 통과해나가야 한다. 심지어 그 모든 것은 다음 해 2월에 열리는 '의사 국가시험을 무사히 통과했을 경우'라는 엄청나게 커다란 전제가 붙어 있다.

'국가시험에서 떨어진 의대생은 그냥 학생일 뿐이다.'

그 말은 국가시험을 앞두고 있는 의대생들의 초조함과 긴장감과 자존심을 단적으로 드러내는 한 구절이라고 할 수 있다. 그 중압감이 계속될수록 학생들에게도 여러 가지 예기치 못한 변화가 나타난다.

그전까지는 사이좋게 잘 지내던 커플이 갑자기 파국을 맞게 된다거나, 소원했던 남녀가 갑작스럽게 교제를 시작하거나 하는 연애상의 파란은 말할 것도 없고, 긴장을 견디지 못하고 수면제에 손을 대는 사람이나 현실에서 도피하기 위해 아르바이트에만 열중하는 사람, 갑자기 학교에서 흔적도 없이 자취를 감추고 휴학을 해버리는 사람 등 그저 웃어넘기기엔 조금은 씁쓸한 이야기도 꽤 들려온다.

"여러 가지 예상하지 못했던 일들이 일어나는 시기이기

는 하지만…….” 다쓰야는 ‘아리아케 기숙사’ 방에서 벽 쪽의 침대를 응시하며 말했다. “천하의 스나야마 지로가 감기에 걸려서 저렇게 골골대고 누워 있을 거라는 건 확실히 아무도 예상하지 못했던 일이긴 하지.”

불이 꺼진 침대 위에는 검은 괴물이 보기 드물게 빨간 얼굴을 하고 동그랗게 몸을 만 채로 누워 있었다. 이마에 올린 젖은 타월 밑으로 흐물흐물거리는 지로의 가는 눈에는 살짝 눈물까지 맺혀 있다.

“다쓰…… 그렇게 말해줘서 고마워.”

목소리까지 애잔했다.

다쓰야는 책상 위에 있던 포트로 물을 끓이고 옥수수 수프를 만들고 있었다.

“미안해…….”

평소라면 큰 목소리밖에 낼 줄 모르는 놈이라 괴물의 애잔한 목소리는 한층 더 가련함을 불러일으키고 있다.

지로가 감기에 걸려 쓰러진 것은, 여름의 해가 저물고 희미하게 가을의 기색이 감돌기 시작한 9월 초순의 일이었다.

처음에는 미열과 가벼운 기침 증세뿐이었지만 다쓰야가 스터디에서 만날 때마다 점점 상태가 나빠지는 것이 눈에 보였고, 결국 쓰러져 눕게 되고 말았다.

"이렇게나 계속되다니 혹시 폐렴에 걸린 거 아냐?"

"아마 괜찮을 거야. 혹시나 해서 청진기를 대보긴 했는데 라음(호흡기관의 병적 상태로 인해 청진할 때 들리는 이상음-옮긴이)도 없었고, 천명(쌕쌕거리는 소리-옮긴이)도 없었어. 오늘 아침에 이치토가 내과에 계신 선생님한테 약을 받아와주기도 했고……."

그렇다면 경과를 지켜보는 수밖에 없다.

다쓰야가 해줄 수 있는 것은 고작 수프를 만들어주고 타월을 바꿔주는 것, 그 정도이다.

"뭐 당분간은 안정하고 쉬는 수밖에 없겠네. 다행히 앞으로 2주 동안은 시험도 없고. 타이밍으로 봤을 땐 오히려 잘된 거야."

"다쓰, 충고하는데 그 괴물이랑 별로 가까이 하지 않는 게 좋을 거야."

방 바깥에서 이치토의 목소리가 들려왔다. 이치토의 방은 지로의 바로 옆방인데, 벽이 얇아서 목소리가 그냥 넘어 들어왔다.

"체력과 식욕만큼은 누구에게도 뒤지지 않는 괴물을 쓰러뜨려버린 병균이야. 쓸데도 없는 돌연변이의 몸으로 변했을 것이 분명해. 우리는 일단 그 괴물한테서 떨어져 자기 몸을 스스로 지키는 것을 우선시해야 해."

다쓰야는 쓴웃음을 지었다. 이치토가 말은 저렇게 툭툭 내뱉어도 여러 가지로 지로를 챙겨주고 있다는 것을 잘 알기 때문이다. 방에는 생수 페트병과 빵이 놓여 있었고 지금 다쓰야가 만들고 있는 인스턴트 수프까지도 이치토가 잔뜩 사놓은 것이다.

"뭘 또 그렇게 실실 쪼개고 있냐?"

출입문 쪽에서 얼굴을 불쑥 들이민 이치토가 말을 내뱉었다. 정말이지 불쾌하다는 얼굴로 보란 듯이 마스크까지 쓴 채 쳐다보고 있었다.

"아니, 스나야마도 좋은 친구가 있긴 하구나라고 생각해서 말이야."

"그건 나도 처음 듣는데? 나도 소개 좀 시켜줘라."

방에 들어온 이치토는 옆에 있는 방석에 앉아서 아무렇게나 마스크를 풀어헤치더니 주머니에서 꺼낸 캔 커피를 입에 갖다 대었다.

"너희들, 내 옆에 있어주지 않아도 돼. 스터디하러 가도 괜찮아."

"그러려고 했는데." 다쓰야는 완성된 컵 수프를 지로에게 건네주며 말했다. “여러 가지로 귀찮은 일이 겹쳐서 말이야.”

컵을 받아 든 지로가 바로 되묻지 않았던 것은 이미 그도 몇 가지 정도는 사정을 들어서일 것이다. 다쓰야는 한숨을 쉬며 말하기 시작했다.

“시게 씨가 꽤나 난폭해지고 있어.”

지로는 걱정스러운 얼굴로 “역시……”라고 말하며 이치토에게 눈을 돌렸다.

“술이 늘고 있는 거지?”

“바보처럼 계속해서 외우기만 해야 하는 이 기억의 마라톤은 그 나이의 아저씨에게는 아무리 생각해봐도 불리한 건 사실이니까 힘드실 거야. 게다가 지난주에 본 소아과 추가시험도 엄청 위험하다고 하더라.”

최근 들어 어두운 얼굴만 하고 있던 시게 씨는 아무래도 스트레스로 음주량이 늘어난 것 같았고 아침부터 취해 있는 경우도 종종 있었다. 요 며칠은 그런 날이 현저하게 많아져서 스터디 자체도 나오지 않는 날이 늘어나고 있었다.

“한 사람이 빠진 것만으로도 스터디 그룹의 공기는 차가워지는 거야.”

“한 사람이 아니고 두 사람이잖아. 마도카 짱도 뭔가 있다고 하지 않았어?"

지로의 갑작스러운 질문에 이치토는 곤란한 표정으로 얼굴을 찌푸렸다.

"평소에는 둔감하기 짝이 없는 네가 꼭 이럴 때만 촉이 좋아진단 말이야."

"옛날부터 남 일에 신경 잘 쓰고 시중들기 좋아하는 그 녀석이 한 번도 병문안을 오지 않았잖아. 이상하다고 생각했어."

"오노데라 씨하고 예전의 관계로 돌아가니 마니 하는 문제 때문에 아무래도 일이 좀 성가시게 되었나 봐. 그렇게 대범하고 잘 놀라지도 않는 녀석이 저러고 있는 걸 보면……. 지금 스터디 모임에 나온다고 해도 와서 그저 건성으로 있다가 갈 거야."

오노데라 마코토는 마도카가 "반년 전에 차버렸다"고 말했던 두 학년 위의 남자 선배이다. 원래부터 아리아케 기숙사 출신이었으니 이치토나 지로와도 면식이 있는 상대이다. 그 선배가 2주 정도 전에 갑자기 마도카의 방을 찾아왔다고 했다.

다쓰야도 최근 들어 마도카의 상태가 좀 이상하다고 느끼고 있었지만 사정을 들은 건 오늘이 처음이다.

"오노데라 씨라는 사람은 그런 사람이야, 구리하라?"

"그런 사람이 뭔데?"

"이렇게 중요한 시기에 상대의 생활마저 혼란스럽게 할 정도의 사람이냐는 의미야. 지금은 우리한테 제일 중요하고 힘든 시기야. 정말로 마도카를 소중하게 생각하는 사람이라면 앞으로 반년 정도만 기다려주면 되는 거잖아."

"깜짝 놀랐다." 이치토가 가볍게 눈썹을 움직였다. "다쓰야가 웬일로 화를 다 내네."

그 말을 들은 다쓰야는 오히려 당황해했다.

"아니, 그다지 화를 내고 있는 건 아니야. 어쨌든 내가 화낸다고 해서 해결이 되는 문제도 아니잖아."

"바로 그거지. 설사 오노데라 씨가 변변치 않은 남자라 하더라도 누군가가 규문소(에도 시대에 죄인을 재판하고 형벌하던 곳 - 옮긴이)에 끌고 가 유배를 시켜줄 것도 아니고."

평소에는 날카롭기만 하던 이치토의 독설이 지금 발휘되지 못하고 있는 것은 아마도 기숙사 선배라는 연결고리가 있기 때문일 것이다. 이치토의 입장에서 보면 다쓰야처럼 경시하는 태도를 취할 수 없을 터였다.

"뭐야, 그럼. 결국은 나 빼고 스터디를 하라고 말해도 지금 너네 둘밖에 없다는 말이네."

지로의 질린 목소리가 천장에 덧없이 울려 퍼졌다. 이치토는 방석 위에 앉아 조용히 캔 커피를 마셨고, 다쓰야는 따분한 듯 창밖을 바라보고만 있었다.

2층에 있는 지로의 방에서 내려다보이는 앞마당에는 몇 주 전에 보았던 협죽도가 아직도 기운 좋게 빨간빛을 흩뿌리고 있었다. 실내에 퍼져 있는 묘하게 음울한 공기 따위는 신경도 쓰지 않는 듯, 더욱더 선명한 빛깔을 자랑하는 기세였다.

천천히 이치토가 일어나서 지로의 이마에서 흘러내린 타월을 집어 들었다. 어느새 검은 괴물이 조용한 숨소리를 내며 잠들기 시작했기 때문이다. 확실히 지로도 이번엔 꽤나 지쳐 있는 것 같았다.

이치토는 “손이 참 많이 가는 놈이야”라며 투덜거리면서도 담담하게 세면대로 타월을 가져가 적시고 꾹 짜더니 다시 지로의 이마 위에 올려주었다. 그런 친구의 마음 씀씀이를 훈훈한 미소로 지켜보고 있는 다쓰야에게 불쑥 이치토의 목소리가 들려왔다.

“데이토대학교에서 하는 연수 코스 합격했다며?”

갑작스러운 말이었다.

다쓰야는 가볍게 어깨를 움츠리며 대답했다.

"정보가 빠르네. 저번 달에 통지를 받아서 이제 얼마 안 됐는데."

"먼저 축하한다는 말을 할게."

고마워, 라고 대답한 다쓰야의 목소리에 약간의 망설임이 섞여 있다는 것을 이치토는 민감하게 감지했다.

그는 침대 옆에 무릎을 꿇은 채로 다쓰야에게 날카로운 시선을 보냈다.

"혹시나 해서 묻는 건데 말이야. 갈 건지 말 건지 고민하고 있는 것은 아닐 거야, 그렇지?"

"넌 진짜 대단한 놈이야. 내 머릿속이 보이는 거야?"

농담 섞인 다쓰야의 대답에도 이치토의 눈빛은 여전히 차갑기만 했다.

"합격 통지가 오고 한 달이 다 되어가는데 나한테 말도 안 하고 잠자코 있고, 설마설마했지만 대체 무슨 바보 같은 생각을 하고 있는 거야?"

"귀중한 찬스라는 건 나도 잘 알고 있어. 하지만 왜 그런지 모르겠는데 어딘가 망설임 같은 게 생겨버렸어."

"망설임?"

"뭐라고 말해야 할지 잘 모르겠는데……."

"기사라기 때문인 거야?"

즉각적으로 날아오는 이치토의 칼날에 다쓰야는 말문이 막혀버렸다. 그리고 잠시 동안 침묵의 시간을 보낸 후, 한숨과 함께 대답했다.

"생각한 것 이상으로 내 마음속에 치나쓰의 존재가 크게 자리 잡고 있어. 아마 그 때문인 것 같아."

"그래서 망설이고 있는 거라면, 너는 세계 제일로 멍청한 놈인 거야."

고민 끝에 뱉은 말이 싹둑 잘려버린 다쓰야는 쓴웃음을 지을 수밖에 없었다.

"여전히 확실하게 말해주는구나. 나는 치나쓰를 더 소중하게 대하고 싶다는 생각을 갖고 있었던 것뿐이라고."

"멍청아, 네놈의 망설임은 논점 자체가 이상하다고."

"논점 자체?"

"그럼 하나 물어볼게. 기사라기는 자기 옆에 있어주는 다정한 남자라면 누구라도 좋다고 생각해서 너랑 사귀고 있는 걸까?"

"그런 건 아니겠지…… 기사라기는……."

"그렇다면." 이치토의 조용한 목소리가 이어졌다. "확실하게 너의 두 다리로 너의 그 길을 걸어가라. 기사라기는 그런 너를 선택한 거잖아?"

가슴을 꾹 누르는 것 같은 말이 들려왔다.

그의 말투는 마냥 담담했지만 오히려 갈피를 잡지 못하고 있던 다쓰야에게 꼭 필요했던 말이었다. 그래서인지 곧장 다쓰야의 마음속에 꽂혀 들어갔다. 다쓰야는 조용히 친구를 돌아보았다.

역시 대단한 놈이야, 라는 게 다쓰야가 지금 느끼는 솔직한 감정이다.

해답은 처음부터 다쓰야가 갖고 있었다. 어쩌면 누군가가 등을 밀어주길 바라는 마음이었을지도 모른다. 이치토는 그런 다쓰야의 마음을 정확하게 알아차렸고 가식 하나 없는 일격을 날려버렸다. 그래서일까, 다쓰야는 눈앞의 구리하라 이치토라는 동기를 바라보며 정말이지 희한한 존재라는 사실을 뼈저리게 느꼈다.

원래부터 다쓰야는 이치토에게 치나쓰에 관한 이야기를 할 때마다 마음에 걸리는 부분이 한 가지 있었다.

그는 작년 의학부의 화제를 단연 석권했던 '장기부의 삼각관계'라는 소문이 절대로 아무 근거도 없는 엉터리 헛소문은 아니었다고 느끼고 있었다. 어쩌면 이치토는 주변에서 생각하는 것보다 계속, 그리고 깊이 치나쓰에게 호감을 갖고 있었다고…….

하지만 지금은 확인할 방법도 없고, 또한 확인해둘 필요도 없는 이야기이다.

하지만 이치토는 그런 다쓰야의 예상이나 켕기는 마음 등은 일체 무시한 채 그저 지금 다쓰야에게 필요한 조언만을 내뱉을 뿐이었다.

다쓰야는 새삼 이 녀석은 진정한 친구라는 생각이 들었고 마음속으로 조용히 머리를 숙였다.

어느새 방 안이 붉게 물들어버렸다. 기울어진 햇살이 실내를 비추기 시작했기 때문이다. 창밖으로 눈을 돌려보니 서쪽 하늘은 어느새 붉은빛으로 변해 있었다.

하늘에는 구름 한 점 없고 저녁 햇살은 눈이 부실 뿐이다. 그 햇살 밑에는 같은 색으로 물든 북알프스의 산맥이 용감하고 씩씩한 자태를 뽐내며 나란히 줄지어 서 있다. 그 한 모퉁이에 단정하게 정리된 산 능선의 모습은 아주 인상적이었다. 다쓰야는 희미하게 눈을 찌푸렸다.

아리아케산.

해발 2,268미터로 결코 높지는 않다. 하지만 훌륭한 자태 덕분에 주변에서는 '시나노의 후지산'이라고 불릴 정도로 아즈미노 지역의 명산으로 꼽힌다. '아리아케 기숙사' 이름의 유래가 되는 저 산이 지금은 빨갛게 빛을 뿜으며 마치 가쓰시카 호쿠사이(葛飾北斎, 에도 시대의 화가로 프랑스 인상주의 화가들에게 많은 영향을 미쳤다 - 옮긴이)가 그린 일본화처럼 아름다움을 뽐내고 있었다.

다쓰야는 '고맙다'라는 입에 발린 대사를 입에 담지 않았다.

"내일 분명히 날이 맑을 것 같지?"

아무 일도 없었던 것처럼 쓰레기를 모아서 정리하고 있던 이치토는 어깨 너머로 힐끔 돌아보더니 곧 눈이 부신 듯 얼굴을 찌푸리며 고개를 끄덕거렸다.

시게 씨가 응급실로 이송.

그런 터무니없는 뉴스가 의학부 안에 돌게 된 것은 9월도 어느새 반 정도가 지나간 어느 날 아침의 일이었다.

이른 아침, 기숙사 계단에서 널브러진 의학서들과 함께 엉킨 채로 쓰러져 있던 시게 씨를 지나가던 기숙사 학생이 발견한 것이다. 불러도 반응이 미약했고 의미를 알 수 없는 말까지 중얼거리고 있었다. 즉각 구급차를 불렀고 시나노대학교 의학 부속병원까지 이송되었다.

의학부 전체를 놀라게 한 이 사건이 치나쓰에게 한층 더 큰 사건처럼 느껴졌던 것은 시게 씨가 다쓰야와 함께 스터디를 하고 있던 동기였기 때문만은 아니었다. 바로 그녀가 실습하고 있던 응급실, 그곳으로 구급차가 달려 들어왔기 때문이었다.

당직 실습으로 병원에 있던 치나쓰가 간신히 새벽을 넘기고 안도의 한숨을 쉬던 바로 그 순간이었다.

구급차가 오고 있다는 소식이 들어왔고, 그 환자가 의학부의 아리아케 기숙사에서 실려 온다는 것을 알게 되었을 때 일순간 응급실 전체가 술렁거렸다. 하지만 현장에서 가장 중요한 것은 환자의 신분이 아닌 환자의 몸 상태이다. 두부 쪽은 타박상이 보이며 의식은 혼탁한 상태라는 정보와 함께 환자의 나이를 미리 듣게 된 치나쓰는 아무래도 시게 씨가 실려 올 것 같다는 짐작만 하고 있었을 뿐이었다. 막상 구급차가 도착하고 나면 그 뒤부터는 지도 의사가 하라는 대로 바쁘게 뛰어다녀야 한다. 하지만 그렇게 무조건 일할 수밖에 없는 현실은 오히려 쓸데없는 잡생각을 지워주기 때문에 치나쓰에게 잘된 일이었을지도 모른다.

"수고 많았어, 치나쓰."

녹초가 된 채, 응급실에서 나온 치나쓰의 귓가에 그리웠던 한 목소리가 들려왔고 그녀는 고개를 들었다.

응급실로 들어가는 출입구 벽 쪽에 몸을 기댄 채, 손을 흔들고 있던 사람은 오랜만에 만나는 마도카 선배였다.

"시게 씨를 병원에서 맞이하게 됐다니 너도 꽤나 힘든 상황이었겠다."

마도카는 위로의 말을 건네고 치나쓰에게 아침 식사를 청했다.

아침 식사라고 말은 했지만 데려간 곳은 대학병원 뒤편의 햇살 좋은 벤치였고, 마도카가 봉지에서 꺼내 든 것은 병원 매점에서 사 온 샌드위치였다. 오히려 그런 그녀의 털털하고 숨김없는 태도가 치나쓰에게는 괜스레 고마운 마음으로 다가왔다. 아직 하얀 가운도 벗지 않은 치나쓰는 그대로 한숨을 한 번 쉬고 햄 샌드위치를 받아 들었다.

"마도카 선배가 시게 씨를 발견한 거예요?"

"아니야. 2년 후배가. 근데 시게 씨는 동기이기도 하고, 지금까지 꽤 많은 도움을 주셨던 분이라서 일단 소식을 듣자마자 급하게 달려온 거지."

마도카는 야채 주스에 빨대를 꽂으며 말했다.

"시게 씨의 결과는 어떻게 나왔어?"

"두부 CT는 문제가 없었고요, 일단 생명에는 별로 지장이 없는 것 같아요."

"다행이네. 그 말을 들으니 이제 조금 안심이다."

"한 가지 걸리는 게 혈액 검사에서 간 기능 장애가 꽤 높게 나와서……."

치나쓰의 말에 마도카는 얼굴을 살짝 찡그렸다.

"술이겠네……."

"아마도요……. 선생님들에 의하면, 술도 어제오늘만의 일이 아니라 최근에는 아침부터 계속 마신 것 같다고 하시더라고요. 반응 상태가 계속 나쁜 것도 머리를 부딪혀서가 아니라 술에 취해서 그런 것 같다고요……."

"결국은 술을 진탕 마시고 취해서 계단에서 굴러떨어졌고, 그대로 쓰러졌다는 거네."

마도카가 작게 중얼거리는 소리가 들렸다.

"엉망진창이야."

최근에 시게 씨가 시험으로 인한 스트레스 때문에 음주량이 늘고 있다는 이야기는 치나쓰도 다쓰야를 통해 들은 적이 있었다. 하지만 이런 사건을 일으킬 정도로 몸을 망가뜨렸다는 것은 예상 밖의 일이었다.

"시게 씨는 그 정도로 마음이 약해진 거예요?"

"그랬나 봐. 그동안 나도 너무 무책임했던 것 같아서 미안해하던 중인데. 요즘 계속 스터디를 쉬고 있었거든……."

치나쓰가 자기도 모르게 입을 다문 것은 마도카의 요즘

상황에 대한 이야기 또한 어느 정도 다쓰야에게 들은 적이 있어서였다.

"일단은 경과를 보고 입원하는 거야?"

"네. 며칠 정도는 입원해야 되고요, 혈액 검사도 다시 한다고 하더라고요."

"기다릴 수밖에 없다는 말이네."

마도카는 조심스럽게 웃으며, "자, 어서 먹어" 하고 치나쓰를 재촉했다.

샌드위치를 볼이 미어지게 입에 넣은 채 먹고 있던 치나쓰는 무심코 주변을 둘러보다가 병동 뒤편에 펼쳐진 테니스 코트로 시선이 멈추었다.

초록이 무성하게 우거진 나무숲을 배경으로 구석구석까지 잘 정리되어 있는 두 면의 코트가 눈에 들어왔다. 활기찬 목소리를 내며 뛰고 있는 사람은 1학년부터 4학년까지의 테니스 부원들이었다. 치나쓰도 불과 얼마 전까지 뛰었던 장소이지만 왠지 모르게 꽤나 옛날처럼 느껴지는 풍경이었다.

치나쓰의 시선이 멈춘 것을 눈치챈 마도카도 눈을 가늘게 뜨고 그곳을 지그시 바라보았다.

"그립네, 저 공기."

“네. 2년 정도 된 것 같네요. 이렇게 마도카 선배랑 함께 후배들의 뛰는 모습을 보는 게…….”

“2년이라…….”

마도카의 목소리에 겹쳐지듯이 공을 때리는 기분 좋은 소리가 들려왔다.

“고작 2년 사이에 꽤나 여러 가지 일들이 있었네.”

마도카의 조용한 중얼거림에 치나쓰는 조금 간격을 두고 조심스레 물었다.

“오노데라 선배…… 돌아오셨죠?”

마도카가 가볍게 쓴웃음을 지었다.

“신도 군한테 들은 거야? 너네들 정말로 뭐든 다 얘기하는구나.”

“닷 짱도, 구리하라 선배도 모두 걱정하고 있어요.”

“괜찮아. 술 마시고 계단에서 굴러서 구급차에 실려 오고 그러지는 않을 테니까.”

“그건 당연한 거죠.”

책망하는 듯한 치나쓰의 목소리에 마도카는 작게 어깨를 흔들며 웃었다.

마도카의 예전 교제 상대인 오노데라 마코토는 치나쓰도 완전히 모르는 사람은 아니었다. 예전에는 치나쓰도 함께 식사하거나 쇼핑을 했기 때문이었다.

"이다에 있는 병원으로 나갔는데 의국 인사 때문에 이번 9월 달부터 대학병원으로 되돌아온 거야. 그런데 돌아오자마자 갑자기 기숙사까지 찾아올 거라고는 상상도 못 했어."

"와서 뭐라고 했는데요?"

"전처럼 돌아가자고 하더라. 다시 시작하자고."

치나쓰는 마치 자기 일처럼 곤란한 표정을 지었다.

"정말로 갑작스러운 이야기네요."

"갑작스럽다고 하기보다는 자기 멋대로인 이야기이지."

야채 주스를 다 마신 마도카는 빈 팩을 빠지직 하고 뭉개버렸다.

"그래서 뭐라고 대답하셨어요?"

"대답이 바로 안 나와서 말 못 했어. 지금 고민 중이야."

마도카는 비닐봉지에서 돈가스 샌드위치를 꺼내 아무렇게나 씹으며 말했다.

"바보 같은 얘기지? 겨우 힘들게 헤어져놓고…… 그새 정이 들었는지……. 남아 있던 예전 조각들을 하나도 남기지 않고 버릴 작정이었는데…… 얼굴을 보니까 갑자기 여러 응어리들이 전부 사라져버린 것 같은 기분이 들어서 말이야…….”

그녀는 담담하고 진지하게 생각의 틈을 조금씩 좁혀가며 이야기를 꺼냈다. 그런 마도카를 보고 있던 치나쓰는 당혹스러운 감정을 느꼈다. 그녀의 눈동자에는 같은 동성인 치나쓰조차 끌어당길 수 있을 만한 깊고 따뜻한 빛이 흘러넘치고 있었다.

사실 그녀는 지금도 많은 생각을 하고 있었다.

그 사실을 치나쓰도 잘 알고 있다.

“저 멍청이. 서브를 저렇게 서툴게 넘기고…….”

갑자기 마도카는 바라보고 있던 코트를 향해 쯧 하고 혀를 차버렸다. 치나쓰는 자기도 모르게 웃고 말았다.

4학년 후배 두 명이 코트에서 시합을 하고 있었던 것이다. 현재 테니스부의 주력 멤버이지만 마도카의 눈에는 아직도 믿음직스럽지 못해 보이는 것이 틀림없다.

철벽녀 구사키. 그것이 테니스부 시절 마도카의 별명이었다.

코트를 종횡무진 돌아다니고, 어떤 어려운 코스라도 확실하게 예상해 정확하게 때려 넘겨버리며, 서서히 상대방의 힘을 소모시켜서 자멸하도록 이끄는 것이 그녀의 승부 방식이었다.

화려하게 시합을 진행하지는 않았다. 오히려 어디까지나 조용하게 주고받을 뿐이었다. 하지만 그 배후에는 놀랄 정도로 영리한 그녀의 관찰력과 앞을 내다보는 통찰력이 있었던 것이다. 치나쓰도 몇 번이나 그녀와 대전한 적이 있지만 끝도 없이 되받아치는 그녀의 공을 쫓아가다 보면 정말이지 벽에 대고 공을 치고 있는 것처럼 무거운 허탈감에 사로잡히고 말았다.

그런 심리전이 주특기인 '철벽녀 구사키'가 지금은 그저 한 남자의 등장으로 인해 어쩔 줄 몰라 하는 모습을 후배 앞에서 감추지 못하고 있다.

치나쓰는 햄 샌드위치를 마시듯 먹어치우고 조심스레 입을 열었다.

"힘내세요, 마도카 선배."

"힘을 내라고 해도 아직 정해진 게 아무것도 없잖아."

"그래도 분명히 마도카 선배라면 괜찮을 거예요. 힘든 시합도 이제까지 많이 극복해왔잖아요."

"시합이라니, 너……."

마도카는 황당한 얼굴로 웃음을 짓고 있었지만 왠지 모르게 기뻐 보였다. 치나쓰는 개의치 않고 쥐고 있던 주먹으로 무릎을 치고 나서 대답했다.

"그리고 오노데라 선배와의 일뿐만 아니라 시험공부도 같이 힘내주세요. 저 마도카 선배랑 국가시험을 같이 보고 싶지는 않으니까요."

"알고 있어. 안 그래도 너의 그 닷 짱한테 노트도 빌려놨으니까."

"노트요?"

마도카는 돈가스 샌드위치를 입에 문 채로 말했다.

"내가 요즘 스터디 모임에 안 나갔더니 신도 군이 자기가 쓴 비법 노트를 빌려줬어. 최소한 이것만이라도 외워놓으라면서."

처음 듣는 이야기이기에 조금은 놀란 치나쓰는 이내 묘한 얼굴이 되었다.

"왜 그래?"

"뭔지 모르겠는데, 조금 질투가 나네요. 닷 짱이 저도 모르게 마도카 선배에게 노트를 빌려주다니……."

"넌 진짜로……."

눈을 동그랗게 뜬 마도카는 곧바로 왼손을 펼쳐 치나쓰의 짧은 머리카락을 구깃구깃 헝클어뜨렸다.

"진짜 귀여운 녀석이네."

"지금 이거, 완전히 애 취급 하고 있는 거 아니에요?"

"하고 있지. 이렇게 귀여운 애를 여자친구로 두고 있는 신도 군이 부러워질 정도다."

마도카는 밝은 목소리로 대답하고 일어났다.

"참, 시게 씨가 무사한 것도 확인했으니 이제 가끔씩은 공부라는 걸 한번 해볼까?"

"가끔 하면 안 돼요."

"네네. 너야말로 당직 끝났으니까 얼른 가서 자도록 해. 밤샘은 여자의 천적이니까. 알겠지?"

야무진 목소리로 그렇게 말하고는 시원하게 등을 돌려 걸어갔다.

나뭇잎 사이로 따뜻한 햇볕이 내려오는 가로수 길에서 멀어져가는 선배의 등을 향해 치나쓰는 정중히 고개를 숙였다. 마치 예전에 코트에 서 있었을 때처럼.

병동 1층에 있는 매점 주변은 정오가 조금 지난 시간이라서 그런지 오가는 사람들의 발길이 많았다. 환자복을 입은 사람과 그 손을 잡고 있는 가족, 꽃다발을 안고 있는 문병객이나 빠른 걸음으로 지나가는 의사, 간호사 등 다채로운 사람들이 왔다 갔다 하고 있었다.

그 사람들 속에서 조용히 걸어오는 친구의 모습을 발견

한 다쓰야는 멈칫하더니 손님용 소파에서 일어섰다.

"시게 씨는?"

"무사해. 내과 병동 병실로 들어갔어. 지금 막 잠든 걸 보고 나왔고."

이치토는 주머니에서 캔 커피 두 개를 꺼내어 한 개를 다쓰야에게 건네주고 그 옆에 앉았다. 다쓰야가 시게 씨의 응급 이송 사실을 알게 된 것은 정오가 되기 조금 전의 일이었다. 이치토에게서 연락을 받고 놀란 나머지 그대로 병원까지 달려온 것이다.

"머리 쪽에 보이던 타박상은 별다른 문제가 없었고, 만성경막하혈종(두부 외상후 오는 의식 장애 - 옮긴이)에 약간의 주의가 필요한데 당분간은 경과를 지켜보는 걸로 괜찮을 것 같다고 하네."

이치토는 딸깍하고 캔 커피를 땄다.

"문제는 간 기능이야."

"그렇게 안 좋아?"

"간경변까지는 가지 않은 것 같은데 혈소판 수는 아직도 감소하고 있어. 선생님들 얘기를 들어보니 완벽하게 '알코올의존증'이라고 하더라."

한숨을 뱉어내듯 꺼낸 이치토의 말에 다쓰야도 한숨을

쉬고 창밖으로 눈을 돌렸다.

입구 쪽 창문으로 활짝 갠 하늘이 보였다. 둘 사이에 흐르는 침울한 공기 따위는 전혀 개의치 않는 듯, 그저 마음이 편해지는 날씨였다.

"시게 씨, 그렇게 힘들었던 건가……."

손에 들고 있는 커피로 시선을 떨어뜨린 채 다쓰야가 중얼거렸다.

이치토는 천천히 캔을 기울여 마신 후, 그대로 침묵을 지키고 있었다. 그때 눈앞으로 간호사가 발 빠르게 지나쳐 갔다.

"졸업 시험이 문제였던 것 같다."

갑자기 새어나온 말에 다쓰야는 친구를 돌아보았다.

"소아과학이랑 약리학에서 떨어졌나 봐. 추가시험도 떨어졌고, 유급이 확정됐대."

다쓰야는 천천히 지나가는 사람들 쪽으로 시선을 돌리고 그대로 눈을 감아버렸다.

"몰랐어."

"나도 몰랐어. 바로 방금 전에 시게 씨가 말해줘서 알았으니까……. 항상 보여주는 그 표정 있잖아. 조심스럽게 웃는 얼굴로 그저 '미안합니다'라고만 하더라. 그렇게 사과할 거였으면 차라리 우리한테 조금 더 빨리 말해줬으면 좋았을 것을…….”

의학부는 매년 여러 명의 유급생이 나온다.

대학에 따라서 20~30퍼센트의 학생이 유급을 당하는 곳도 있지만, 시나노대학은 그 점에서 그렇게 엄격한 편은 아니다. 하지만 규정된 성적에 도달하지 못하는 한 일단은 졸업할 수 없다. 그 엄격함은 결국 의사 국가시험의 높은 합격률과도 연결되어 있기는 하지만, 한편으로는 지금껏 같이 걸어왔던 사람들이 하나둘씩 탈락해버리고 마는 현실 때문에 아무래도 마음 한편이 싸늘해지게 된다.

“여기까지 겨우 함께 왔는데, 시게 씨랑은 이제 이별인 건가…….”

“이별이라면 뭐, 내년이 되면 우리 역시 모두 이별을 하잖아.”

이치토의 산뜻한 대답에 다쓰야는 가볍게 눈썹을 움직였다.

“넌 역시 혼조병원으로 갈 계획인 거야?”

“일단은 면접을 보기로 했어. 합격할지 어떨지는 아직 모르긴 하지만 말이야.”

마쓰모토역 앞에 있는 혼조병원은 일반 진료부터 응급

의료까지 광범위한 영역을 도맡고 있는 지역을 대표하는 병원이다. 그렇기 때문에 너무나도 바쁘게 돌아가는 의료 기관임에는 틀림없지만 그곳은 대학병원도 아니고 도쿄에 있는 독보적인 병원도 아니다. 그럼에도 그곳에서 첫발을 내디디려고 하는 이치토의 모습을 바라보며, 다쓰야는 '아무리 봐도 내 친구답다'는 생각을 했다.

"오랜 시간 이 지역을 지탱해왔고 모든 일에 잘 단련된 능력 있는 병원이야. 너를 불합격시킬 정도로 바보 같은 실수는 안 할 거야."

친구의 말에 이치토는 미소조차 짓지 않고 대꾸했다.

"어느 쪽이든, 이대로만 가게 된다면 나는 혼조병원, 지로는 시나노대학의 외과, 그리고 너는 도쿄로. 완벽하게 모두가 뿔뿔이 흩어지게 되는 거야. 특별하게 시게 씨와의 이별을 슬퍼해야 할 의리 같은 것도 없어."

"그건 그렇네."

다쓰야는 허탈한 웃음을 지었다.

"올해에 탈락한 학생이 시게 씨 한 사람이라고는 단정 짓기 힘들어. 예상외로 마도카도 아슬아슬한 상황에 놓여 있고."

"그렇긴 하네."

다쓰야는 한숨을 쉬면서 "어쨌든 간에" 하고 목소리를 낮추며 말을 이었다.

"쓸쓸한 일이야."

"……그렇지."

침묵이 찾아왔다.

갑자기 오고 가던 발걸음들의 떠들썩한 소리가 한층 더 많아진 것처럼 느껴졌다.

엘리베이터 앞에서 왁자지껄하게 무언가를 이야기하고 있는 아주머니가 있고, 꽃집 앞에는 신경질적인 얼굴을 하고 서 있는 남자가 보였다.

무심하게 목발을 짚은 소녀, 휠체어에 앉은 할아버지와 그 휠체어를 미는 간호사. 핏기 없는 얼굴을 하고 총총걸음으로 지나가는 저 백의의 청년은 레지던트인 것일까……. 각자의 인생들이 다시 각자 나름대로 이리저리 엇갈리며 섞이고, 또다시 사라져가는 것이 병원이라는 장소이다. 하지만 그 각자가 사라져간다는 의미로 본다면, 이렇게 그 모습을 지켜보고 있는 다쓰야를 포함한 주변인들도 모두 마찬가지일 것이다.

"네가 말한 대로, 나의 길을 나의 두 다리로 걸어 나가는 방법밖에는 없는 것 같다."

다쓰야의 말에 대답은 돌아오지 않았다.

옆을 보니 이치토가 평소와 다르게 놀란 얼굴을 하고 먼 곳을 응시하고 있었다.

그의 시선을 따라가 보니 매점 옆에 있는 직원 전용의 어두컴컴한 복도가 보였다. 그곳에서 조금 더 들어간 구석 쪽으로 다정하게 말을 섞고 있는 남녀가 보였다.

키가 큰 의사와 젊은 간호사였다. 의사는 잘생긴 얼굴에 상쾌한 웃음을 짓고 있는 호감형의 청년이었고, 간호사는 경계심 없이 웃는 얼굴로 그를 올려다보고 있었다.

그저 동료라고 하기에는 조금은 가까운 거리감이 느껴졌다. 거리낌 없는 그들의 행동 이곳저곳에서 두 사람의 손이 스치고 있는 것이 눈에 밟혔다.

"그렇게 엿보는 거 안 좋아, 구리하라." 쓴웃음을 내뱉은 다쓰야는 손에 든 캔 커피로 시선을 돌리며 다시 말했다. "그다지 칭찬 받을 만한 행동은 아니지만, 그렇다고 책망 받을 정도의 일도 아니지."

"오노데라 선배야."

이치토의 대답에 다쓰야는 그 즉시 동작을 멈추고 옆에 앉은 친구를 돌아보았다.

"구사키의 집에 찾아왔다던 오노데라 선배 말고 다른

오노데라 선배가 있었나?"

"내가 알고 있는 건, 아리아케 기숙사 선배였던 오노데라 마코토 선배 한 사람이야."

냉담한 이치토의 대답에 다쓰야는 갑자기 아무런 말도 할 수 없었다. 다쓰야는 잠시 후 이마에 가볍게 손을 갖다 대고는 말했다.

"구사키는 저 사람 때문에 힘들어하고 고민하고 있다고 들었는데……."

"그렇기는 하지. 하지만 이 세상에는 우리가 모르는 철학을 토대로 살고 있는 사람도 있으니까 말이야."

"모르는 철학이라……."

조그맣게 중얼거린 다쓰야는 그대로 침묵한 채 다시 직원 전용 복도 쪽으로 눈을 돌린 후, 눈살을 찌푸렸다.

그런 다쓰야의 마음을 짐작이라도 한 듯이 이치토가 입을 열었다.

"아무리 맘에 안 든다고 하더라도 그저 한 장면만을 들여다보고 사람을 판단하면 안 되는 거야, 다쓰."

"그럼 그렇게 되지 않기 위해서라도 확실하게 짚고 넘어가는 편이 좋겠지?"

벌떡 일어난 다쓰야를 이치토가 당황하며 붙잡았다.

"네놈의 정의감이 뭔지는 잘 알겠는데, 이럴 때는 생각을 잘해야 돼. 상대방이 나쁜 건 맞아. 하지만 내가 아까 말했듯이 오노데라 선배는 우리 기숙사의 선배라고."

"너한테는 그럴지 모르겠지만 나한테는 상관없어. 무엇보다 구사키는 치나쓰에게 제일 소중한 선배니까."

"알겠어. 알겠으니까 일단……."

"뭐야? 구리하라잖아!"

갑작스럽게 들려온 밝은 목소리는 통로에서 나온 오노데라의 목소리였다. 이 사나운 논쟁의 주인공이 밝은 표정으로 웃으며 걸어오고 있었다.

이치토는 조용히 혀를 차고 "일단 조용히 있어"라고 속삭인 후에 꼬물거리며 일어나 인사를 했다.

"시게 씨가 응급 이송되었다지? 들었어."

이치토의 인사에 오노데라는 걱정스러운 얼굴로 말을 건넸다.

조금은 깊이가 있어 보이는 낮은 목소리, 밝은 눈동자, 여유가 있는 말투. 확실하게 매력적인 남자임에는 틀림이 없는 것 같다. 그래서 다쓰야는 지금 느껴지는 이 당혹스러운 심정을 떨쳐낼 수가 없었다.

그런 오노데라에게 이치토는 담담하게 대답하고 자연스

럽게 다쓰야를 소개했다.

“시게 씨는 조금 어리숙한 면이 있긴 하지만 좋은 사람이야. 잘 부탁할게, 신도 군.”

오노데라는 그런 말을 밉상스럽지 않게 자연스러운 말투로 입에 담았다. 아까 본 광경의 주인공과는 꽤나 괴리감이 느껴지는 말투였다.

이치토는 변함없이 완벽한 빈말을 뱉으며 그를 상대하고 있었다. 보아하니, 이대로 시치미를 뗀 채로 철수할 작정인가 보다.

하지만 그 모습을 지켜보고 있는 다쓰야의 심정은 결코 평온하지가 않았다. 이런 문제는 이치토가 말한 것처럼 보고도 보지 않은 척하는 것이 적절한 처세라는 것 정도는 다쓰야도 당연히 알고 있다. 하지만…… 그런 생각을 하고 있던 다쓰야의 머릿속으로 치나쓰의 밝게 웃는 얼굴이 떠올랐다.

치나쓰라면 어떻게 했을까.

그 생각을 한 순간, 다쓰야는 무의식중에 입을 열고 말았다. “오노데라 선생님” 하고 조심스럽게 입을 뗀 다쓰야에게 상대방은 부드러운 미소를 보내왔다.

눈으로 위협하고 있는 이치토를 무시하고, 다쓰야는 가

만히 미소를 띤 채 조금 전의 그 직원 전용 통로를 눈으로 가리켰다.

"저쪽, 꽤 잘 보이니까 신경 좀 써주세요."

"엇!"

살짝 눈이 커진 오노데라는 곧바로 쓴웃음을 띠었다.

"큰일이네. 다 본 거야? 신경 쓰도록 할게."

헤헤헷 하고 웃는 그에게서 주눅이 든 모습이라고는 조금도 찾아볼 수 없었다.

"귀여운 간호사분이더라고요. 여자친구예요?"

"여자친구? 그런 거 안 만들어. 모처럼 즐거운 의사 생활 중인데 여자친구가 있으면 꼼짝도 못 하게 되잖아."

옆에 있던 이치토가 희미하게 이마를 쥐어짜고 있는 것을 오노데라는 전혀 눈치채지 못하고 있었다.

"여자애들이랑 사귀는 건 '넓고, 깊고, 즐겁게'가 내 좌우명이니까 말이야."

마치 소년처럼 천진하게 웃는 얼굴로 그렇게 말하더니 "그럼 담에 봐"라며 손을 들어올리고는 떠나버렸다. 그의 넓은 등이 유유히 복도를 지나 저쪽 먼 구석에서 하얀 가운을 한 번 뒤집더니 사라졌다.

"의학부의 양심이라고 불리던 다쓰치고는……." 이치토

가 조금은 지친 모습으로 입을 열었다. "꽤나 가식적인 말투였어."

"한 장면을 힐끗 본 것만으로 사람을 판단해버리면 안 되는 거니까."

예상외로 차가운 다쓰야의 목소리에 이치토는 한숨을 쉬고 말했다.

"말했잖아. 이 세상에는 우리하고는 다른 철학으로 살아가는 인간도 있다고."

다쓰야는 아무 대답도 하지 않았다.

"무슨 생각 하고 있어?"

"아무 생각도 안 하고 있어." 다쓰야는 복도를 계속 응시한 채, 감정 없는 목소리로 대답했다. "기분이 더러운 것뿐이야."

어느새 시간은 오후로 접어들었고 다소 사람들의 발길이 줄어든 로비의 한쪽 구석에서, 두 명의 의대생은 잠시 동안 말도 없이 가만히 서 있었다.

다쓰야가 화를 내고 있다.

이치토와 지로에게 이런 일은 좀처럼 보기 힘든 장면일 것이다. 그와 동시에 조금은 무서운 일이기도 하다.

"하필이면…… 이런 타이밍에는 듣고 싶지 않은 얘기다 그건."

아리아케 기숙사 안, 지로의 방을 울리고 있는 굵은 목소리도 기분 탓인지 몹시 망설임이 느껴졌다.

그날, 이치토와 다쓰야가 명백하게 우울한 공기를 등에 짊어지고 기숙사에 모습을 보인 것은 저녁 즈음의 일이었다. 둘이서 대량의 캔 맥주를 사 들고 돌아온 후 그대로 아무 말 없이 지로의 방에 난입했고 그 후 술판이 벌어진 것이다.

여름 감기를 회복한 이후부터 오히려 체력이 남아돌게 된 지로는 두 친구의 방문에 기쁨을 주체하지 못하고 있었다. 하지만 그것도 잠시, 다쓰야의 기분 상태가 매우 좋지 않음을 알아채고 이내 벌린 입을 닫고 말았다.

"오노데라 선배, 확실하게 그런 소문이 있긴 했어."

지로의 중얼거림에 다쓰야는 술 때문에 하얗게 변해버린 얼굴을 찡그렸다.

"그런 소문?"

"다른 선배들이 오노데라 선배의 여자관계를 술안주 삼아서 이야기하는 걸 들은 적이 있거든."

"유명한 이야기야?"

"그런 건 아니야." 입을 막은 건 이치토였다. "여기저기에 소문의 조각들이 퍼져 있긴 한데, 진실은 어둠 속에 있지. 꼬리가 잘 잡히지 않는 걸 보니 아마도 꽤나 치고 빠지기를 잘하는 걸지도."

다쓰야의 기분을 달래주고 싶은 생각이 큰 만큼, 이치토의 말수도 괜스레 많아지고 있었다.

"여러 가지로 문제가 있는 사람이지만 생각이 없는 사람은 아니야. 후배들도 잘 돌봐주는 사람이라 나도 기숙사에 들어왔을 때는 도움을 받았고."

"거기에다가 키도 크고 남자답고, 웃는 얼굴도 그렇고 말투도 빈틈이 없으니까 여자애들이 꼬이는 것도 당연한 거지."

지로는 꿀꺽거리며 그 자리에서 350밀리리터 맥주 캔을 네 개째 마시고 있었다.

"구사키는 아무것도 모르는 거야?"

"아무것도 모르지는 않을 거야. 반년 전에 헤어졌다고 한 것도 이다의 병원에서 오노데라 선배가 바람을 피웠기 때문이라는 얘기가 있었어. 그렇지만 그 정도까지 도를 넘은 사람인지는 모르고 있을 수도 있겠네."

깊이 한숨을 쉬고 나서 이치토는 다쓰야에게로 눈을 돌

렸다.

"구사키 방에 갑자기 쳐들어가볼까?"

대수롭지 않게 던진 폭탄에 지로가 섬뜩하다는 듯이 어깨를 움츠렸다.

아리아케 기숙사는 제일 꼭대기 층인 5층에 여성 기숙사가 있다. 원칙적으로 5층에는 남학생의 출입이 금지되어 있지만 그렇다고 검문이 있는 것도 아니고, 여학생들에게 행동의 제한이 있는 것도 아니기 때문에 지로의 방에는 언제라도 부를 수 있다.

벽에 몸을 기댄 채로 조용하게 눈을 부릅뜨고 있는 이치토와 캔 맥주에 입을 갖다 댄 채로 눈을 치켜뜨며 그를 마주 보고 있는 다쓰야, 둘 사이에는 목소리로는 낼 수 없는 무언가가 왔다 갔다 하고 있었다.

"그렇게 하고 싶은데……." 먼저 입을 연 사람은 다쓰야 쪽이었다. "너네들이 무관심한 척하고 있는데 내가 혼자서 일을 크게 벌일 수는 없는 거잖아?"

다쓰야는 그 상태 그대로 맥주 캔 하나를 한 번에 비워냈다.

"지켜봐주기로 했어."

담백하게 고한 다쓰야는 마치 이제는 귀찮아졌다는 듯

이 다음 맥주에 손을 뻗은 뒤, 등 뒤의 방석에 몸을 던졌다. 그러더니 더 이상 할 얘기가 없다는 듯이 휴대폰을 꺼내서 갖고 놀기 시작했다.

이치토는 오히려 맥이 빠져버렸다.

"예상과는 다르게 결론이 빨리 났네."

하지만 캔 맥주를 붙잡고 있는 이치토는 아직 경계를 풀 수 없었다.

"네놈은 나랑 지로가 아무리 말려도 구사키의 방까지 뛰어 올라갈 거라고 생각했는데……."

"오노데라 선배한테 의리가 있다고 말한 건 이치토 너잖아. 아무리 내가 아는 사람이 아니라고 하더라도 난리를 쳐버리면 나 때문에 너희가 붙들고 있는 그 '의리'를 성가시게 만들 테니 말이야. 그런 건 내 본의가 아니니까."

평소에도 항상 적절한 말만 하는 녀석인 만큼 그 말이 품고 있는 독은 한층 더 새롭고 강하게 느껴졌고, 그래서 지금 지로는 조금 주눅이 들었다.

"구사키는 강한 여자야. 너네들이 말한 것처럼 그렇게 남녀 사이의 문제에 대해 남이 끼어들면 안 되는 거잖아? 말하고 싶은 건 산처럼 많지만 너네들이 '어긋난 판단'을 발휘하면서까지 침묵하기로 한 일을 나 혼자서 요란을 떨고 소란을 피울 수는 없지."

고개 한 번 들지 않고 그저 휴대폰을 바라본 채 말하던 다쓰야는 다시 맥주를 기울이더니 덧붙였다.

"뭐, 구사키의 입장이 되어본다면 꽤나 힘들고 슬픈 이야기이기는 하겠지만, 그런 것까지도 다 포함해서 너네들은 그냥 이해하고 있는 거잖아? 그러니까 뭐 같은 기숙사 사람도 아닌 내가 나설 일은 아니겠지."

"야, 다쓰. 기다려봐."

발끈하여 곧바로 나선 건 이치토였다.

"이해했다고는 말 안 했거든."

"이해하지도 않았는데 그 정도로 냉정하게 있을 수 있다니, 더 큰일인 거네. '감정에 말려들면 낙오하게 된다…….' 이거, 네가 좋아하는 『풀베개』에 나오는 내용을 완벽하게 실천하고 있는 거구나."

다쓰야는 술을 마시면 얼굴색이 하얗게 되는 타입이다. 그렇게 핏기 없이 창백한 얼굴로 담담하게 독설을 내뱉고 있는 모습이 때로는 이치토의 독설보다 더욱 강한 독을 품을 때가 있다.

"나는 오노데라 선배에게 도움을 받은 적이 있었으니까 그렇게 고자질하는 듯한 의리 없는 행동은 하고 싶지 않다고 생각한 것뿐이야. 그 선배의 그렇게 격 떨어지는 소행을 내가 이해해서 옹호하고 있다고 생각하지 말았으면 좋겠는데."

"격 떨어지는 소행을 보고도 못 본 척하는 것도 꽤나 격 떨어지는 행동 아닌가?"

"격이 떨어진다고 해서 의리 없는 행동을 해도 되는 건 아니야. 나 역시도 오노데라 선배가 완전 쓰레기 같은 인간이었다면 지금 당장이라도 구사키 방에 올라가서 그의 쓰레기 같은 행동을 줄줄히 읊어줄 테니까 말이야. 쓰레기와 사귀게 되면 스스로 쓰레기차에 올라타고 소각장에 가는 거랑 똑같은 거라고."

"야야, 진정해, 이치토."

지로가 까만 손을 펼치며 제지했을 때, 어느새 휴대폰을 닫은 다쓰야는 하얀 볼로 쓴웃음을 띠며 돌아보고 있었다.

"네가 그러니까 조금 안심이 된다."

다쓰야가 꺼낸 온화한 목소리에 이치토는 쯧, 작게 혀를 찼다.

"제멋대로인 놈."

"너네들이 너무 어른스러운 게 나쁜 거지. 어쨌든 속마음을 듣고 나니 안심이 된다."

다쓰야의 말에 이치토는 특별히 놀란 모습도 없이 담담히 말했다.

"모처럼 바깥의 대문을 다 닫아놓고 진짜 속마음까지 안방에 숨겨놓고 있었는데 결국 대문이랑 방문까지 발로 차고 쳐들어와버리다니. 네놈은 정말 무식하기 짝이 없는 남자야."

갑자기 냉정한 말을 섞고 있는 둘을 쳐다보며, 지로가 질린 얼굴로 말했다.

"뭐야. 놀라게 하지 좀 마. 진심으로 둘이 싸우기 시작한 줄 알고 놀랐잖아."

"지로, 너도 태연한 얼굴을 하고 있지만 결국 나처럼 격 떨어지는 방관자일 뿐이야. 그냥 아무것도 모르는 외부인이 아니라고."

"그건 나도 알고 있어. 그러니까 일단, 마도카 짱이 언젠가는 제대로 된 남자를 만날 수 있도록 기도할래."

지로는 짝짝거리며 손뼉을 합치더니 한껏 과장된 몸짓으로 천장을 향해 기도를 올렸다.

다쓰야는 웃으며 들고 있던 캔 맥주를 이치토의 앞으로 갖다 대고 눈빛을 보냈다. 한 번 더 작게 혀를 찬 이치토는 계속 입을 다문 채, 갖고 있던 맥주를 다쓰야의 캔에 턱 하고 부딪히고 나서 입으로 가져갔다.

마침 그 타이밍에 '똑똑' 하고 문을 노크하는 소리가 들렸고 지로의 대답과 함께 문이 열린 순간, 방에 있던 세 명 모두는 얼어버리고 말았다.

"뭐야? 왜 그래?"

거짓말처럼 구사키 마도카가 얼굴을 들이밀고 서 있었던 것이다.

그녀는 묘한 공기가 흐르고 있던 실내를 이상하다는 표정으로 쳐다보고 있었다.

"뭐야, 꽤나 즐거워 보이는데? 무슨 술자리야?"

"술자리라고 말할 정도는 아니야." 방 주인인 지로가 당황하며 대답했다. "그것보다 마도카야말로 내 방까지 오고 별일인데?"

"신도 군에게 빌린 노트를 돌려줘야겠다고 생각해서 온 것뿐이야. 여기서 술 마시고 있다고 들어서."

으악! 근데 방 진짜 더럽다, 라는 배려심 하나 없는 목소리가 들렸다.

지로는 굳은 얼굴로 애써 웃으면서 "아니 뭐…… 더러워서 미안"이라며 심각하게 어색한 반응을 보였고, 마도카는 별로 개의치 않는 듯했다.

"신도 군, 고마워. 일단 몽땅 복사해뒀어."

뻔뻔하게 그런 말을 하는 마도카에게 다쓰야는 곧 하얀 얼굴로 미소를 보내주었다.

"복사했다고 해서 머릿속에 들어가는 게 아니야. 필요한 최소한의 지식만을 적어둔 거니까 모두 다 통째로 외워야 된다고, 구사키."

"오케이, 그럴 생각이었어." 마도카는 어깨를 한 번 움츠리고는 이치토에게 눈을 돌렸다. "스터디는 아침 9시에 하는 거 맞지?"

"올 수 있는 거야?"

이치토의 물음에 마도카는 가볍게 눈썹을 움직이며 되물었다.

"뭐야? 가면 안 되는 거야?"

"물론 그런 건 아니지만."

보기 드물게 당황하고 있는 이치토를 위해 다쓰야가 곧바로 거들어주었다.

"내일 9시야. 시게 씨는 못 오겠지만 일단 네 명이서 계속하자."

"오케이. 그럼 잘 부탁해."

말이 끝나기가 무섭게 문이 닫혔고 그 순간 실내에 있던 긴장감은 느슨해졌다.

"오늘 무슨 마가 낀 건가?"

간신히 입을 연 이치토가 그런 말을 뱉었다.

"아침부터 놀라는 일투성이라 이제 그만 좀 놀라고 싶은데, 심장에 무리가 온다."

"나도 동감이야. 시게 씨부터 오노데라 선배에다가 구사키까지……. 이 상태라면 뒤에 뭐가 더 있는 거 아니야?"

"그런 말 하지 마." 지로는 투덜거리면서도 약간은 걱정되는 눈길로 문 쪽을 바라보았다. "마도카 말이야. 이제 큰 시련이 오려나?"

한순간의 어색한 침묵을 이치토가 슬그머니 밀어내듯이 말했다.

"올지도 모르고 안 올지도 몰라. 하지만 우리가 해줄 수 있는 게 있다면, 이렇게 술을 마시고 구사키의 몫까지 욕을 해주는 것, 그 정도야."

"그러니까." 다쓰야가 캔 맥주를 집어 올렸다. "다시 한 번 마셔볼까?"

이치토는 말없이 조용히, 지로는 장난스러운 기세로, 각자 나름의 방식을 취하며 캔 맥주를 들어 올렸다.

"건배!"

세 명의 목소리가 실내에 울려 퍼졌다.

어느새 해는 떨어졌고 창밖에서는 저녁 매미의 울음소리가 희미하게 들려왔다.

계절과는 조금 어울리지 않게 때늦은 그 시원한 울음소리가 뉘엿뉘엿 저물어가는 가을의 태양에게 노래를 불러주고 있었다.

시라카바 고개에 가자.

치나쓰가 남자친구인 다쓰야에게 이 뜬금없는 말을 들은 건 9월 말, 어느 주말의 일이었다.

시라카바 고개. 들어보기는 했어도, 치나쓰는 그곳이 어디인지조차 알 수 없었다. 하지만 "널 데려가고 싶은 곳이야"라는 다쓰야의 목소리를 들은 순간, 치나쓰는 그곳이 어디라도 상관없었다.

다쓰야가 안내해주는 대로 이른 아침 6시부터 마쓰모토 시가지에 나온 그녀의 애마 지무니는 가미코치와 이어진 158번 국도를 타고 서쪽으로 향했다. 한 시간 정도 국도를 달리고 나서 옆길로 벗어나, 다시 산속을 헤치고 들어가서 구불구불한 산간도로를 달린 지 한 시간. '시라카바 고개'라는 팻말이 서 있는 작은 주차장에는 민가와는 꽤나 떨어진 두메산골임에도 의외로 많은 차가 주차해 있었다.

차에서 내린 다쓰야는 별다른 설명을 하지 않은 채 아침 태양 빛이 내리쬐고 있는 산길로 치나쓰를 이끌었다.

발밑에는 얼룩조릿대라는 풀이 빽빽이 들어차 있었고 그 주변은 자작나무가 무성하게 우거진 풍성한 언덕길이었다. 길 자체는 좁았지만 비교적 곳곳에 손질이 잘되어 있다.

"치나쓰, 괜찮아?"

다쓰야가 돌아보며 말을 건넨 건 그렇게 산길에 들어온 지 10분 정도가 지났을 무렵이었다.

가을 산속은 꽤 선선했지만 활짝 갠 태양 빛이 자작나무 잎을 뚫고 좁은 길을 비추고 있었기 때문에 조금만 걸어도 살짝 땀이 고일 정도로 뜨끈거렸다.

"누구한테 말하는 거야, 닷 짱? 나 테니스부에서 에이스였다고."

"아, 그랬지."

다쓰야는 웃으며 다시 천천히 걷기 시작했다.

기본적으로 실내에서만 생활하는 스타일이라서 운동이라고는 거의 하지 않을 것처럼 보이지만, 이렇게 함께 걸어보니 의외로 다쓰야의 체력이 좋다는 것을 새삼 느낄 수 있었다. 치나쓰는 천천히 걸어 올라가는 다쓰야의 뒷모습을 그대로 올려다보며 다시 발걸음을 내디뎠다.

"마도카 선배가 닷 짱한테 고맙다고 전해달래."

치나쓰의 목소리가 자작나무 숲을 울리고 있었다.

다쓰야는 돌아보며 대답했다.

"화내지 않았어?"

"화내기는. 오히려 모두의 속마음을 들을 수 있어서 다행이었다고 말하던데. 구리하라 선배도 스나야마 선배도 조금 특이한 면이 있긴 해도, 농담으로라도 다른 사람의 뒷말 같은 건 하지 않는 사람들이잖아."

울창하게 우거진 나무들 사이에서 밝은 햇빛이 새어나오고 있다.

치나쓰는 그 빛을 눈으로 좇으며 며칠 전 마도카와 한 전화 통화를 떠올렸다.

"신도 군한테 고맙다고 전해줘."

밤중에 울린 갑작스러운 전화였다. 마도카는 조용한 목소리로 치나쓰에게 말했다.

어떤 대답을 해야 할지 몰라 망설이고 있던 치나쓰에게 마도카는 친절하게 설명을 해주었다.

시게 씨가 구급차에 실려 병원에 왔던 그날 저녁, 갑자기 다쓰야에게서 문자가 왔다고 한다.

"스나야마 방에 있으니까 전에 빌려줬던 내 노트 좀 갖다 주러 와줄래?"

이상한 문자라는 생각이 들기는 했지만 빌린 것은 확실히 돌려줘야 하는 것이기에 마도카는 곧장 지로의 방으로 향했다. 그리고 그녀는 복도에 선 채, 방에서 들려오는 이치토와 지로의 대화를 듣고 말았다.

대화 내용은 충격 그 자체였다. 그럼에도 그것은 아주 뜻밖의 이야기는 아니었다. 오히려 마도카가 예상했던 대로의 내용이었다.

여러 번 들려왔던 오노데라의 평판. 좋은 이야기와 비슷한 비율로 나쁜 이야기도 들려왔다. 나쁜 이야기에 관해서 마도카가 궁금해하거나, 듣고 싶어 하지 않았던 이유는 사람들의 잣대라는 것 자체에 별로 믿음이 없었던 부분도 있겠지만, 그보다는 그녀의 마음속 어딘가가 냉정하지 못했던 점도 있었을 것이다.

"분명 내가 좋은 행동을 했다고는 생각하지 않아."

머리 위에서 들려오는 다쓰야의 목소리에 치나쓰는 얼굴을 들어 올렸다.

"하지만 아무래도 보고도 못 본 척하고 넘어가는 것만

은 할 수 없었어."

치나쓰는 그런 그를 보며 정말로 따뜻한 사람이라고 생각했다.

그렇게 다정하고 따뜻한 마음을 가진 다쓰야가 그런 배역을 맡으면서까지 연기를 했다는 것은, 치나쓰의 생각 이상으로 더 많은 고민을 했다는 방증이었다.

"이번 일을 알게 된다고 하더라도 구리하라 선배나 스나야마 선배는 분명 화내지 않을 거라고 생각해."

"고마워, 치나쓰. 하지만 스나야마는 그렇다 쳐도 아마 구리하라는 눈치챘을걸."

"응?"

치나쓰가 다시 고개를 들었다.

자작나무 숲을 벗어나자 갑자기 주위가 밝아졌다. 언덕 사이로 틈이 보이는 이유는 아마도 사람들이 나무들을 베었기 때문일 것이다. 초원 곳곳에 적당하게 놓인 그루터기는 둥그런 의자처럼 보였다. 한 줄기의 눈부신 아침 해가 내리쬐고 있었고, 땀으로 촉촉이 젖은 등 쪽으로 시원한 바람이 불어 상쾌한 기분이었다.

발걸음을 멈춘 다쓰야 옆에 같이 멈춰 선 치나쓰는 그대로 다쓰야를 따라 뒤를 돌아보았고, 곧바로 눈이 휘둥그레졌다.

당당하며 거대한 산등성이가 그곳에 있었다.

조금은 둥그스름한 느낌의 완만하고 독특한 능선은 어딘지 모르게 다정함이 느껴졌고, 울퉁불퉁 투박한 북알프스의 산줄기와는 또 다른 인상을 심어주었다. 9월의 눈은 아직 내리기 전이었지만 산의 표면 이곳저곳에는 하얀 만년설을 품고 있어, 마치 푸른 하늘 아래에서 산신령이 유유자적 쉬고 있는 것만 같았다.

"노리쿠라다케야."

"노리쿠라? 이렇게 가까이서 보는 거 처음이야……."

"독립봉이라고는 해도 거의 북알프스 산들에 둘러싸여 있으니까. 이렇게 가까이서 하나의 산 자체를 볼 수 있는 장소는 의외로 많지 않아."

다쓰야는 담담하게 대답했지만 어딘가 모르게 신이 나 보였다. 원래부터 신슈에서 태어나고 자란 다쓰야는 산을 참 좋아한다.

얼마동안 넋을 놓고 산을 쳐다보던 치나쓰는 다쓰야가 다시 걸어가기 시작했다는 것을 알아채고 서둘러 뒤를 쫓았다.

"구리하라 선배가 눈치채고 있었다는 거 진짜야?"

"그날 저녁, 돌아가면서 얘기했어. 나보고 '약삭빠른 놈'이라면서."

치나쓰는 눈을 깜빡거렸다.

"화냈어?"

"아니, 그런 건 아니야."

다쓰야는 미소를 지었다.

그날 저녁 웬일인지 현관 앞까지 배웅을 나온 이치토가 서론도 없이 나직이 중얼거리듯 말했던 것이다.

"너란 놈은 정말이지 약삭빠른 놈이야."

그 친구가 희미하게 웃던 것을 다쓰야는 기억하고 있었다. 이치토는 쓸데없는 말을 하지 않았다. 그래서 다쓰야도 아무런 대답을 하지 않았다. 또한 그렇게 하길 잘했다고 생각했다.

"안녕하세요."

갑자기 위에서 밝은 목소리가 들려온 것은 앞장선 다쓰야가 언덕을 내려오던 사람과 마주쳤기 때문이었다.

커다란 카메라를 들고 있는 덩치가 큰 남자였다.

둘이서 가볍게 인사를 주고받고 앞으로 나아가니 머지않아 동쪽 방향으로 비탈길이 드넓게 펼쳐졌다.

치나쓰는 놀랄 수밖에 없었다. 조용한 산길 구석에 수많은 카메라를 설치해놓은 등산객들과 마주했기 때문이었다. 크고 작은 여러 종류의 카메라를 삼각대에 올려놓거나 목에 걸고 있는 20명 정도의 잡다한 사람들은 일제히 하늘을 향해 렌즈를 들어 올리고 있었다.

대체 무슨 일인가 치나쓰가 궁금해하고 있던 순간, 갑자기 "와!" 하고 함성이 울려 퍼졌다.

카메라는 일제히 남쪽 하늘로 움직였고 동시에 셔터음이 울려 퍼지기 시작했다. 그 렌즈들 끝으로 눈을 돌린 치나쓰는 커다란 눈을 더욱 크게 뜨고 말았다.

유유히 날개를 펼친 큰 새가 커다랗게 원을 그리며 하늘로 올라가고 있었다. 한 마리가 아니었다. 대여섯 마리의 새가 무리지어 높이 떠오르는 모습이 보였다.

"왕새매(매목 수리과의 철새 - 옮긴이)잖아."

"성조(成鳥)네."

그런 말들이 카메라맨들 사이에서 들려왔다.

"매의 이동이야."

다쓰야는 이마에 손을 얹은 채 하늘을 올려다보면서 말했다.

"매의 이동?"

"여름 동안 북일본이나 신슈에서 지냈던 매들이 겨울이

찾아오기 전에 일제히 남쪽으로 건너가기 시작하거든. 이동 코스 중간에 북알프스를 넘어가는데 그 포인트가 바로 여기 시라카바 고개야."

치나쓰는 눈을 가늘게 뜨며 하늘을 우러러보았다.

커다랗고 까만 날개를 펼친 매 한 마리가 상승 기류를 탄 것이다. 또 한 마리가 천천히 날갯짓도 없이 상승선을 타고 올라가고 있었다. 얼마 후 매는 갑자기 원을 그리며 서쪽 하늘로 곧장 사라져버렸다. 눈부신 햇살을 받은 날개는 때때로 그 윤곽이 하얗고 또렷하게 빛나고 있었다. 마치 날개 자체에서 빛이 나는 것 같았다.

별안간 "우아!" 하고 또다시 환호성이 울려 퍼졌다. 이번에는 다른 한 마리가 놀랄 정도로 가까운 거리를 화살처럼 지나쳐 갔다. 뾰족한 부리, 새카만 날개, 그리고 지상의 사람들을 흘겨보는 듯한 커다란 눈까지, 치나쓰가 그 모든 것을 볼 수 있을 정도로 가까운 거리였다. 날카로운 눈빛은 정말이지 하늘의 제왕답게 당당한 멋을 지니고 있었다.

치나쓰는 목소리 한 번 내지 못한 채, 그저 하늘을 우러러보기만 할 뿐이었다.

"치나쓰가 말했잖아, 어디든 같이 가보고 싶다고. 멀리 갈 시간은 없는데 어떻게 해야 하나 고민하다가 이렇게 멋진 광경이라면 치나쓰도 좋아하지 않을까 싶어서 함께 오자고 했어."

치나쓰는 곧바로 대답하지 않았다.

2개월 전, 그냥 한번 내뱉어본, 그녀의 투정을 다쓰야는 확실히 기억해주고 있었다. 그리고 심사숙고 끝에 이렇게 좀처럼 볼 수 없는 특별한 장소에 데리고 와준 것이다. 그런 다쓰야의 다정한 마음에 치나쓰는 가슴이 뜨거워질 정도로 기쁨이 차올랐다.

"심지어 오늘은 운이 아주 좋은 날이야. 이렇게 계속해서 날아오는 날은 드물거든." 다쓰야의 온화한 목소리가 기분 좋게 울렸다. "매의 종류 중에 벌새라는 새는 여기 시라카바 고개를 넘어서 일본을 횡단하고 바다를 건너 남쪽 대륙까지 내려가. 그 후에 동남아시아까지 가는 녀석도 있다는 얘기가 있어."

"동남아시아?"

"응. 그러니까 이동 거리가 자그마치 만 킬로미터를 넘는 거지."

"만…… 킬로미터."

치나쓰는 어안이 벙벙하기만 했다.

"자신의 날개와 상승 기류만을 의지한 채 몇 천 킬로미터라는 거리를 계속 날아가는 거야. 고독한 여행자, 하늘의 용사, 그렇게 부르는 사람도 있어."

치나쓰는 아무 말 없이 하늘을 올려다보았다.

이곳에서부터 열도를 횡단하고 아득한 바다 저편까지 날아서 간다…….

그 말을 되새기며 올려다보니 원을 그리며 올라가고 있는 매들의 모습이 마치 모종의 장엄한 의식을 치르고 있는 것처럼 느껴지기까지 했다. 그것은 여행길에 오르는 의식이면서 동시에 헤어짐의 의식이기도 했다.

"도쿄에 가볼까 해."

다쓰야의 갑작스러운 목소리에도 치나쓰는 별반 놀라지 않았다. 그뿐 아니라 다쓰야가 그 말을 할 타이밍까지 이미 짐작하고 있었다.

"데이토대학에서 레지던트를 하기로 정했어. 잠시 동안은 만나지 못하겠지만 기다려줬으면 해."

변함없이 따뜻한 목소리에 치나쓰는 미소를 지었다.

"다행이다……."

"다행?"

"사실은 닷 짱이 그냥 남겠다고 말하면 어떻게 해야 하나 고민했어. 역시 닷 짱답다." 치나쓰는 그대로 하늘을 올려다본 채로 말했다. "아리아케 기숙사가 왜 아리아케 기숙사라고 불리는지 알고 있어?"

갑작스러운 질문에 다쓰야는 고개를 갸웃거렸다.

"아즈미노에 있는 아리아케산 때문 아니야? 시나노의 후지산이라는 별명을 가진……."

"그것도 아예 연관이 없는 건 아닌데, 사실은 그게 아니래. 마도카 선배가 얘기해줬어."

전에 마도카가 기숙사생들에게 전해져오는 '아리아케 기숙사'의 유래를 말해준 적이 있었다.

"아리아케는 동이 튼다는 뜻이잖아. 그러니까 아리아케 기숙사는 의학부생들에게 해가 떠오르기 시작한다는 의미래. 모두들 의사가 되는 것 자체가 결승골을 넣는 것이라는 마음으로 공부하고 있지만 사실은 의사가 된 그 시점이 동이 트는 시점이고 하루는 거기서부터 시작된다고…… 마도카 선배가 말해줬어. 옛날에 그 말을 들었을 때는 와닿지 않았는데 지금은 알 것 같아."

"동이 튼다는 거구나……."

"맞아. 그러니까 닷 짱은 출발하기만 하면 되는 거야. 나도 반드시 쫓아갈 테니까." 잠시 말을 끊은 치나쓰는 곧 확실한 어투로 덧붙였다. "나도 데이토대학 시험을 보기로 했어. 꼭 합격해서 닷 짱 뒤를 쫓아갈 거야."

돌아본 그녀의 눈에는 보기 드물게 놀라고 있는 다쓰야의 얼굴이 비쳤다.

'이렇게 닷 짱을 놀라게 했던 게 대체 언제였더라'라는 생각이 들면서 웃음이 새어나오고 말았다.

"내가 쫓아가면 방해되는 거야?"

"방해될 리 있겠어? 하지만 힘들 거야."

"그건 닷 짱도 마찬가지잖아."

치나쓰는 또다시 하늘로 시선을 돌렸다.

잠깐 치나쓰를 지켜보고 있던 다쓰야도 곧 하늘을 우러러보았다.

"꽤나 험난한 여정이 될 거야, 치나쓰."

"알고 있어."

"중간에 되돌아가는 것도 쉬운 일은 아니야."

"그것도 알고 있어."

"그럼." 다쓰야는 잠깐의 침묵 후, 다시 입을 열었다. "내후년, 거기서 만나면 결혼하자."

"저기 떼로 온다!"라는 말과 함께 몇 명의 목소리가 겹쳐 들려왔다. 동시에 일제히 셔터를 누르는 소리가 울려 퍼졌다.

동쪽 상공에서 열 마리 이상의 매들이 보이지 않는 커다란 계단을 올라가듯 공중을 향해 비상하고 있었다.

아주 가까이에 있던 남자가 옆에 있는 여자를 향해 "오늘은 운이 아주 좋은데!"라며 기분 좋게 외치는 목소리가 들렸다.

"들었어, 치나쓰?"

다쓰야가 망설이면서 되물어본 이유는 아직까지 그녀의 대답이 없기 때문이었다.

돌아보니 볼이 상기된 치나쓰는 그대로 가만히 멈춘 채 하늘을 올려다보며 조금도 움직이지 않고 있었다.

"치나쓰?"

"응."

겨우 고개를 끄덕인 치나쓰의 눈에서 무언가 갑작스럽게 넘쳐흘렀다.

시야가 흐려지고 목이 뜨거워져 목소리조차 제대로 나오지 않았다. 그럼에도 치나쓰는 다쓰야를 향해 미소를 보이고 다시 한 번, 이번에는 아주 크게 끄덕거렸다.

다쓰야의 커다란 팔이 치나쓰의 어깨를 살포시 감싸 안았다.

"기다릴게, 치나쓰."

치나쓰는 그의 목소리를 보물처럼 소중히 가슴속에 담았다.

맑고 밝은 하늘 위로 매 떼가 날아올랐다.

계속해서 끊임없이……. 그들은 유유히 비상했고 올곧이 확인하고 또 지켜봐온 각자의 방향을 향해, 힘 있는 여행길에 오르기 시작했다.

"기다려."

치나쓰의 목소리 또한 빨려 올라가듯 하늘 높이 상승하고 있었다.

제2장

약속이 지켜질 때

'24시간, 365일 진료.'

그런 커다랗고 빨간 간판이 혼조병원 정면의 로터리에 모습을 드러낸 것은 어느 장마철의 저녁 무렵이었다.

간판 자체는 아직 쌓아 올린 철 파이프의 발판에 놓여 있었고, 각 부분 부분에는 작업 중이라는 파란색 천막이 붙어 있는 상태였다. 불과 일주일 전까지만 해도 여러 개의 꽃산딸나무만이 줄지어 서 있던 그저 로터리였을 뿐이었는데, 갑작스럽게 세워진 인공적인 물건이 주는 영향력은 상당히 크게 다가왔다.

저녁에 내린 소나기로 조금 젖어버린 빨간 간판은 일몰과 함께 불이 들어오기 시작한 작업용 조명을 받아, 묘하게 눈부신 빛을 뿜어내고 있었다.

"완벽한 허풍이라고 할 수 있겠군."

종합 의국이 있는 2층의 창가에 선 채로 이타가키 겐조는 풍채 좋은 배를 흔들며 중얼거렸다. 그의 입에 문 마일드세븐의 하얀 연기가 천장으로 피어오르고 있었다.

저녁 7시가 지난 시간이긴 하지만, 창밖에서 내려다보이는 정면 로터리에는 병문안을 온 사람들로 보이는 몇 명의 그림자가 보였다. 그들은 공사 현장을 흥미롭게 올려다보고 있었다. 혼조병원은 마쓰모토 분지 일대의 응급 환자를 모두 떠맡고 있기 때문에, 한밤중에도 꽤나 많은 사람들이 들락날락하는 곳이다. 언제나 발 빠르게 그곳을 지나쳐 가던 사람들도 갑자기 나타난 새빨간 침입자를 만나게 되니 머뭇거림을 감출 수 없나 보다.

"저 간판 진짜로 세울 건가 보죠?"

등 뒤에서 들려오는 목소리에 이타가키가 뒤를 돌아보니, 가냘프게 마른 의사가 온화한 웃음을 띠고 서 있었다.

내과의 부부장인 나이토 가모이치였다. 내과 부장인 이타가키에게 그는 임상 현장의 오른팔임과 동시에 혼조병원을 20년 가까이 함께 지탱해온 전우이기도 하다.

"저녁 7시에 의국에 올라오다니 웬일인가? 내시경은 끝난 건가?"

"예정된 검사는 끝났습니다. 30분 후에 아즈미무라에서 각혈 환자가 올 예정이니 위내시경 검사가 한 건 남아 있기는 하죠."

이타가키가 피식 웃으며 말했다.

"수고가 많아."

"늘 있는 일이죠. 부장 선생님이야말로 회담이 계속 있었잖아요. 병동 회진도 아직 안 끝나셨죠?"

"뭐, 회담은 편한 거지. 앉아서 커피 한 잔 마시면서 심각한 얼굴만 하고 있으면 돼."

"그래도 되는 겁니까?"

나이토는 생글생글 웃으면서 의국의 탕비실에서 티백을 꺼내어 주전자 모양의 사기그릇에 넣었다.

"이누이 선생님이 크게 호통치는 소리가 외래까지 들리더군요."

이타가키는 한쪽 눈썹을 움직이면서 입을 다물고 있다가 곧이어 체념했다는 듯이 쓴웃음을 짓고 물었다.

"뭐라고 소리를 지르던?"

"'이 멍청한 새끼야, 죽어볼래?'라던데요."

"너무하네."

이타가키는 쓰게 웃을 수밖에 없었다.

나이토는 또르륵 차를 따르며 웃고 있었다.

"이누이 선생님은 새로 온 사무장님한테 꽤나 분노하고 있는 것 같네요."

"서로 이념이 달라서 그래."

한숨을 쉬면서 창가에서 멀어진 이타가키는 소파 위에 털썩하고 앉았다.

"이누이 두목은 애초부터 여기 병원에 줄곧 있었던 의사고, 사무장은 적자였던 병원의 경영을 다시 일으켜 세우기 위해서 헤드헌팅 된 엘리트니까 말이야."

나이토는 두 사람 몫의 차를 가지고 와서 가볍게 연기를 내뱉고 있는 이타가키의 앞자리에 앉았다.

"거기에다가 이누이 선생님은 올해로 퇴직이 정해진 몸이니까 말이죠. 긴 시간 근무해온 혼조병원이, 부임해온 지 1년밖에 안 된 사무장 손에 의해 변해버리는 것을 보고도 못 본 척할 수 없었겠지요."

"그렇겠지. 혼조를 그렇게 걱정해줄 거였다면 병원 개업 같은 거 때려치우면 좋을 텐데 말이야. 이누이 두목이 없어지면 이제 그 금고지기를 눌러버려야 하는 일이 나한테 돌아올 텐데……."

이타가키가 갑자기 입을 다문 것은 의국의 문이 소리도 없이 열려서였다.

모습을 드러낸 사람은 검은 정장에 두꺼운 검정 뿔테 안경을 쓴 작은 체구의 남자였다. 원래부터 조금 음침한 분위기인 데다 안경 너머로 보이는 작은 눈동자에는 감정을 읽을 수 없는 차가운 빛이 담겨 있어서 빈말로라도 좋은 인상이라고 말하기가 참 어렵다. 바로 소문의 주인공인 금고지기, 사무장 가나야마 벤지였다.

"엇, 사무장. 아까 회담 때는 수고가 많았소."

방금까지 금고지기라고 놀리던 이타가키가 아무것도 모른다는 얼굴을 하고 밝은 목소리로 말을 건넸다.

가나야마는 감정이 없는 눈동자로 슬쩍 쳐다보기만 할 뿐이었다. 별로 기분이 좋지 않은 상태라서가 아니다. 이 남자는 언제나 이런 상태였다.

"이타가키 선생님."

금고지기의 입에서 억양이 없는 차디찬 목소리가 들려왔다.

"뭔데요, 사무장? 이누이 두목이 호통을 친 일이라면 너무 신경 안 써도 돼요. 욱하는 면이 있긴 하지만 금방 또 잊어버리는 분이니까. 아마도 혼조에서 제일가는 앙은냄

비 같은 사람이지."

"병원 안에서는 금연입니다."

대답은 짧고 차가웠다.

이타가키의 두꺼운 눈썹이 오므라들었다.

"길고 딱딱한 회담이 이제 막 끝났는데 담배 한 대 정도는 괜찮……."

"한 번 더 말씀 드릴까요, 이타가키 선생님?"

"……알겠소, 알겠어. 흡연실로 가면 되는 거요?"

질린 얼굴로 일어나려고 하는 이타가키에게 가나야마는 다시 말했다.

"흡연실은 없앴습니다."

"뭐…… 뭐라고?"

"병원 부지는 전면 금연입니다. 지난 달 진료부 회의에서 안내드렸을 텐데요."

"아……."

그 뒤로 조그맣게 중얼거리고 있는 이타가키를 전혀 신경도 쓰지 않은 채 가나야마는 말했다.

"그래서 말입니다만……." 그는 의국 안을 둘러보고 있었다. "이누이 선생님은 안 계십니까?"

"퇴근하신 것 같은데요. 오늘은 큰 소리를 너무 쳐서 지치셨다고 합니다."

나이토의 농담 섞인 대답에도 가나야마는 미동조차 하지 않았다.

"그렇습니까? 그럼 실례하겠습니다."

완벽하게 형식적인 인사를 하고 의국을 나가버렸다.

남은 것은 담배를 문 채로 천장을 올려다보는 이타가키와 쓴웃음을 띤 나이토가 있을 뿐이었다.

"……저건 이누이 두목이 아니라 누가 와도 안 맞아."

"동감입니다."

웃고 있는 나이토는 한 모금의 차를 마시고 말했다.

"부장 선생님, 그러다 데어요."

"응?"

이타가키가 얼굴을 움직인 순간, 중간까지 하얀 재가 되어버린 담배가 흐트러지면서 콧등을 덮쳤다.

"앗, 뜨거!"

벌떡 일어나며 내지르는 이타가키의 목소리와 함께 구급차의 사이렌 소리가 가깝게 들려왔다. 나이토는 "자, 그럼" 하며 가볍게 인사하고는 자리에서 일어났다.

이타가키의 외래는 예약 환자만 하루에 40명이 넘는다.

20년 가까이 같은 지역, 같은 장소에 녹아 있다 보니 자연스레 품어야 할 환자도 점점 늘어났고 결국 이런 사태에까지 이르게 되었다.

한 환자당 5분 정도 진료한다고 하더라도 세 시간 이상이 걸린다는 계산이 나온다. 하지만 거기에 새로 온 환자가 합쳐지더라도 무조건 오후 2시에는 확실하게 진료를 마무리시킨다. 그것이 바로 이타가키만의 노하우이다. 오후에는 또 오후대로 내시경 검사가 있어서 시간을 넘긴다는 것은 원칙적으로 허락되지 않는 상황이다. 그렇지만 이타가키는 그런 것에 대한 초조함을 조금도, 그리고 단 한 번도 보인 적이 없다.

늘 호쾌하게 웃는 얼굴로 유연한 말과 행동을 유지하고 도중에 화장실조차 가지 않으며 식사도 하지 않는다. 외래에 있던 간호사들이나 비서들마저도 녹초가 될 정도이지만 마지막까지 이타가키의 호쾌하게 웃는 목소리에는 흔들림이 없었다. 가끔씩 '팡!' 하고 속 시원하게, 튀어나온 배를 당당히 두들길 뿐이었다.

외과 부장인 이누이가 "저건 너구리야, 사람의 얼굴을 한 너구리 요괴라고" 하며 이야기하는 까닭도 그 때문이었다.

"누가 너구리라는 거죠?"

CT 화면을 응시하고 있던 이누이는 한쪽 눈썹을 올리고 쳐다보는 이타가키를 향해 눈을 치켜떴다.

"마음속으로 중얼거린 것뿐인데, 잘도 들었네. 역시 내과의 너구리는 달라."

"내년에는 개원하시는 거죠, 이누이 선생님? 인상만으로 충분히 더러운데 입까지 더러우면 환자들이 근처도 안 올 겁니다."

"쓸데없는 걱정 하고 자빠졌네."

까맣게 그을린 이마 위로 송충이같이 두꺼운 눈썹이 씰룩거리고 있었다. 그 관록에 걸걸한 말투까지 더해지니 압도감은 타의 추종을 불허했다.

"두 분이 나란히 서 계시니 마치 폭력배들이 집회라도 하고 있는 것 같네요."

나이토에게 그런 말까지 들은 내과와 외과의 투 톱은 비좁은 외래 진료실에서 얼굴을 맞대고 CT 화면을 째려보고 있었다.

오후 2시가 지났을 무렵, 이타가키의 내과 외래가 끝난다는 것을 짐작하고 이누이가 얼굴을 내밀었다. 겨우 기나긴 외래 업무가 끝나고 이제 한숨을 돌리려 하던 간호사들은 또다시 긴장을 강요당하는 것 같은 상황이 되어버렸지만, 이 두 명의 무법자는 그런 데까지 신경을 쓸 리 없다.

"그래서 저번에 ERCP를 부탁한 환자는 어떻게 된 거야? 역시 췌장암?"

"세포검사 결과가 아직 나오지 않았지만, 아마 확실할 겁니다. 전이도 없고 수술하면 될 것 같긴 한데 말이죠."

이타가키가 모니터상에 늘어놓은 촬영 화면을 가만히 응시하고 있던 이누이가 갑자기 두꺼운 눈썹을 씰룩댔다.

"뭐야, 복부 초음파는 완전 깨끗해졌잖아?"

"지난주에 새로운 초음파 장치가 들어왔습니다. 작년에 신청해놓았던 히타치에서 나온 무슨 시리즈인데, '보이지 않는 것을 볼 수 있다'며 호언장담을 하더니 정말로 화질은 현격하게 다르더라고요. 의료 기기의 진보라는 건 정말 대단하죠?"

"그런데 저건 반년 전에 신청했던 거잖아. 원래대로라면 2년은 걸렸을 텐데. 저거 가격도……."

이누이는 하던 말을 멈추었다.

의미 있는 미소를 지으며 이타가키가 입을 열었다.

"저희에게는 우수한 사무장이 있기 때문이죠. 여기 현장에서 청구해서 올렸던 기계들이 전보다 꽤 빨리 도착하게 되었죠. 그러고 보면 흑자 경영이라는 건 참 대단한 것 같습니다."

"……아, 그런 거였어?"

중얼거리는 이누이의 눈가에 무언가 석연치 않은 빛이 보였다.

"이해가 안 되시나 봐요?"

"매번 나한테 이해를 강요하는 것도 좀 아니잖아?"

두꺼운 눈썹 밑, 의외로 가는 두 눈을 더욱 가늘게 뜨며 말했다.

"무엇이든지 타산적으로 대하는 그 태도에는 이해할 수가 없지. 어제 회담에서도 들었잖아? 입원한 환자한테 될 수 있으면 쓸데없는 검사는 하지 말라고 하는 거. 한 번 입원해서 치료해도 되는 건, 한 개의 병뿐이라고? 지랄하고 있네."

"DPC라고 하는 거요. 사무장의 방침이라기보다는 나라에서 정한 방침입니다. 어쩔 수 없죠."

"뭐야, 이타가키? 아주 기특해 죽겠네, 넌 지금 이해가 된다는 거야?"

"제가 이해하지 않는다고 해서 위에서 특별하게 잘 대해주는 것도 아니지 않습니까?"

이타가키의 대답에 이누이는 그저 꿍하게 입을 다물고 있을 수밖에 없었다.

DPC 제도라는 것은, 일반적으로는 포괄적 의료 제도라고 말하며, 근래의 의료 현장에 점점 퍼지고 있는 새로운 의료보험 지급 시스템이다.

예를 들어 한 명의 환자가 입원했을 경우 종래의 제도대로라면 치료 내용에 상응하는 보험을 적용하여 환자가 부담하는 30퍼센트의 비용을 제외한 나머지 70퍼센트는 국가에서 의료기관으로 지급해왔다. 하지만 DPC 제도에 따르면, 나라에서 나오는 의료비가 치료 내용이 아닌 병명에 따라 정해진 금액에 맞추어 지급된다. 즉 폐렴으로 입원한 환자가 중증이든 경증이든, 또한 저렴한 항생제로 치료하든 비싼 항생제로 치료하든, 병원에 들어오는 금액은 똑같다는 것이다.

그뿐만이 아니다. DPC 제도를 따를 경우, 한 번의 입원으로 지불하는 의료비는 한 가지 질환에만 국한되어 있다. 결국 골절로 입원한 환자가 입원 중에 폐렴에 걸려 두 가지의 치료를 했을 경우, 병원 측은 골절 혹은 폐렴 둘 중 하나의 의료비밖에 지급 받을 수 없다. 결국 지금까지 행해왔던 '최대한의 의료'를 확실하게 '최소한의 의료'로 바꾸겠다는 의지를 나라의 방침으로서 명확하게 내세우게 된 것이다.

어제저녁, 이누이가 사무장에게 극도로 화를 낸 것도 이와 관련된 사건이었다.

"아니, 말도 안 되는 이야기 아냐?"

이누이는 험상궂은 표정을 드러내며 이타가키에게 다시 푸념을 늘어놓기 시작했다.

"맹장으로 입원해 있던 할아버지가 요즘 두통이 심하다면서 온 김에 머리 CT도 좀 찍고 싶다고 말한 거야. 뭐 그 정도는 괜찮겠지 하고 찍어드렸더니, 다음 날 회의에서 곧장 그 금고지기 놈이 등장을 했다니까?"

내 참, 이라며 볼품없는 목소리를 내뱉었다.

어젯밤 열린 회의에 나타난 사무장은 늘 그렇듯 차가운 목소리로 이누이에게 말했다.

"맹장이면 맹장만 치료하고 퇴원시키세요. 다른 검사는 하지 마시고요."

외래까지 울려 퍼진 "멍청한 새끼야, 죽어볼래?"라는 과격한 목소리는 그런 사무장의 말에 분노한 이누이의 대답이었다.

"보통 자동차 하나를 검사하러 가더라도, 타이어를 확인하고 핸들도 보잖아. 오일도 체크하고 배터리도 확인하고 말이야. 그런데 심지어 인간의 몸인데 말이야, 타이어만 갈아주고 나머지는 와이퍼 한 개도 건드리면 안 된다고 하다니, 그 사무장 머리가 어떻게 된 거 아니냐고."

"방금 전에도 말씀드렸지 않았습니까. 사무장이 아닌, 후생노동성(사회복지와 보장, 공공 위생 및 환경 업무에 관련된 행정기관-옮긴이)에서 정한 방침입니다. 국고에 돈이 없는 거겠죠."

"너구리가 바른말만 내뱉고 있네. 너구리 주제에 너구리스러움을 잃어버리면 넌 그냥 사람일 뿐인 거다."

"저는 예전에도 그랬고 지금도 그냥 사람입니다만."

이타가키는 쓴웃음을 지은 채 서 있었지만 그도 나름대로 고민하고 있었다.

그 역시 이누이와 비슷한 또래이다. 즉, 옛날 의사라는 말이다. 그렇지만 의료라는 곳에 경제관념을 끌어들인 이 시대의 흐름에 확실하게 저항하고 있는 이누이와는 달리, 이타가키는 반대하는 입장을 말하지 않았다. 그 이유는, 이타가키가 나름대로 훌륭한 시대적 감각을 가지고 있기 때문이었다.

시대는 변해가고 있다. 사람의 목숨은 돈으로도 바꿀 수 없다고 말하면서도 국고에는 여전히 돈이 없다. 돈이 없다면 의료는 성립되지 않는다. 결국 의료는 돈으로 환산할 수 있는 것이 아니라며 외치고 있는 동안 의료라는 시스템 자체가 무너진다면 배보다 배꼽이 더 커지고 만다. 하지만 '최소한의 의료'를 해야 하는 현재의 상황과 시대의 흐름을 이해하고 있는지를 묻는다면, 이타가키에게도 망설여지는 부분은 분명히 있다. 그리고 그것이 이타가키의 주무기인 날카롭고 대담한 태도를 흔드는 요인일 터이다.

결국 너구리답지 못하다는 지적은 이타가키 자신도 자각하고 있었다.

"뭐, 사무장이 나쁜 일만 하고 있는 것은 아닙니다. 초음파 기계가 최신형으로 바뀌고 나서 검사 정밀도도 확실히 올라갔고 덕분에 검사 기사들도 더 의욕적으로 일하고 있으니까요."

게다가, 이타가키는 창밖으로 눈을 돌렸다.

"저 빨간 간판도 결국 의사들의 평판은 어찌 되었든 간에, 일단은 환자들에게는 반응이 썩 좋다고요."

창밖으로 보이는 '24시간, 365일 진료'라는 빨간 간판에 붙어 있던 파란색 천막은 오늘 아침 무렵 떼어냈고 이제 거의 전모를 드러내고 있었다. 아침부터 부슬부슬 비가 내려 시원찮은 하늘 아래에서 그 숫자만큼은 거만한 기세로 존재감을 과시하고 있었다.

이 간판도 병원 경영을 흑자로 만들려는 목표를 가진 가나야마 사무장의 제안에서 시작된 것이다.

응급 의료라는 분야는 경영이라는 관점에서 본다면 승산이 좋은 매력적인 시장이다. 이익과 함께 손해의 리스크를 품을 수밖에 없는 영역이기는 하지만, 의료 체제의 준비가 완벽하지 않은 지방 도시에서는 그 수요의 크기를 무시할 수 없다. 그렇기에 사무장이 응급 의료를 맨 먼저 점찍어두고 개혁에 앞장선 것은 어찌 보면 당연한 일이기도 했다.

반면에 이 의견에 정면으로 맞서고 있던 사람은 이누이였다. 그렇지 않아도 낮 동안의 진료만으로 더없이 바쁜 현재 상황에서 스스로 목을 조이는 것과 다름없는 그 제안은 의사들에게 피폐함을 불러일으키고 새로운 문제를 양산할 뿐이라는 주장이었다.

"상태가 나쁜 녀석은 그렇게 불러들이지 않아도 오게 되어 있어. 쓸데없는 간판을 걸어서 오지 않아도 될 녀석까지 오게 만들면 의사는 못 버틴다고."

이누이의 발언은 의사들의 입장을 대변한 의견으로 보

았을 땐 무엇보다 뛰어난 판단임에 틀림이 없을 터. 하지만 그런 이누이의 의견도 개혁의 움직임을 시작한 병원장과 사무장의 결의 앞에서는 묵살당하는 결과를 빚었다.

"환자들의 평판이라……."

창밖으로 시선을 돌린 채, 이누이는 두꺼운 손가락으로 턱을 문질렀다.

"그런 말을 들으면 되받아칠 말이 없어지는데……."

이누이도 의사이다.

마음이 따뜻한 의사이다.

그의 중얼거림 어딘가에서 애수와 곤혹스러움이 담긴 쓰디쓴 감정이 느껴졌다.

"16열의 멀티 슬라이스 CT가 9월부터 가동됩니다."

어두컴컴한 회의실에 가나야마 사무장의 억양 없는 목소리가 울려 퍼졌다. 그와 동시에 작은 웅성거림이 회의실에 울리기 시작했다.

정면에 보이는 슬라이드 보드에는 최신식 CT 시스템에 관한 프레젠테이션 영상이 비치고 있었다. 침대 위에 누워 있는 환자는 CT 장치 속으로 빨려 들어가고, 종래에는 없던 빠른 속도로 촬영이 종료되었다. 게다가 화질도 현격하게 좋았다.

"이것으로 인해 한 환자당 촬영 시간이 대폭 단축됨과 동시에 화상도 더욱 선명해졌기 때문에, 좀 더 질 높은 진료가 가능해질 것입니다."

"빠르게 촬영할 수 있다는 것은 CT를 더 많이 사용해서 더 많은 돈을 벌 수 있다는 뜻이다."

"다 들려요, 부장 선생님."

회의실 한쪽 구석에서 나직하게 중얼거린 이타가키에게 옆에 앉아 있던 나이토는 곧바로 제지의 목소리를 가했다. 한쪽 구석에 있다고는 해도 내과의 부장과 부부장이므로 단상에서 가까운 앞쪽 자리였다. 바로 오른쪽 앞에는 하얀 수염을 기른 병원장의 모습도 보이기 때문에 신경 써야 하는 것이 당연한 일이지만 이타가키에게는 그런 염려와 배려가 없었고, 나이토도 그런 말을 할 정도로 그다지 걱정이나 근심을 하고 있는 모습은 아니었다.

"그렇다고는 해도 얼마 전에 초음파 기계를 사고 이번엔 CT라니, 굉장한 얘기네."

"경영 능력뿐만 아니라 협상 능력도 뛰어나다고 하더군요, 저 사무장."

"협상 능력? CT는 원래 정해진 가격 같은 게 없는 거라네. 반 가격 정도로 싸게 샀겠지, 뭐."

"반이나 할인받았고 거기에 한 대를 더 받아냈다고 하더군요."

"한 대 더라니……."

이번엔 이타가키도 확실하게 말문이 막혀버렸다.

"이건 홈쇼핑에서 파는 수면베개가 아니라고……."

"9월에 한 대가 들어오고 10월에는 두 번째 기계도 가동시킬 예정입니다. 365일 진료해야 하는 가혹한 응급 의료가 시작되었지만, 저희는 그 힘든 과정 속에서 할 수 있는 최대한으로 대비 체제를 갖추어 움직이려고 합니다. 앞으로도 선생님들께서 많이 힘써주시기를 부탁드립니다."

문구 자체는 정중한 표현을 쓰고 있었지만 표정과 말투는 어디까지나 무감정, 그 자체였다.

"의사가 죽도록 일해라 이거네요."

"저 자식은 환자가 죽거나 의사가 죽거나, 둘 중 하나가 죽어나가는 서바이벌 게임을 하라는 거군. 내가 죽는 순간 곧바로 넌 '과로사'라는 사망 진단서를 써라, 나이토."

"그건 할 수 있는데요, 제가 먼저 쓰러졌을 땐 선생님이 간호해주셔야 됩니다."

쓸데없는 말을 주고받으며 서로 투덜거리고 있는 두 명

의 내과 의사 위로 갑작스럽게 화살이 날아 들어왔다.

"내과 계열 선생님들께 부탁이 있습니다."

단상 위의 사무장은 어두운 곳에서도 보일 만큼 번쩍하고 빛나는 눈으로 내과 의사 두 명을 쳐다보고 있었다.

"현재 입원 환자의 평균 입원 일수가 내과 계통에서 조금 더 긴 경향이 보입니다. 입원 침대의 회전 속도를 올리기 위해서라도 환자들의 퇴원을 좀 더 조속하게 처리해주시길 바랍니다."

"저런 말을 잘도 하네……." 머리를 긁적거리며 이타가키는 느릿느릿 일어섰다. "사무장."

또랑또랑하게 울리는 목소리가 회의실을 압도했고 금세 그는 모든 주목을 한 몸에 받게 되었다.

"내과의 환자들이란 말이지. 반 이상이 고령자이며 계속 누워만 있어야 하는 할배, 할매들이오. 시설에 들어가기 위해 기다리고 있는 노인들도 있고 간병을 해주던 가족이 등을 돌리고 손을 놓아버리는 경우도 있소. 열이 내렸다고 해서 '자, 이제 돌아가세요'라고 할 수는 없는 거요."

"그런 문제를 어떻게든 해결하는 것이 선생님들의 일입니다."

"저런 무식한 새끼를 봤나."

"지금 뭐라고 하셨습니까?"

"최선을 다해보겠습니다, 라고 말했소."

이타가키의 주변 자리에서만 키득키득 조그맣게 웃는 소리가 새어나왔다.

"아, 하나 덧붙이자면 사무장." 이타가키는 큰 배를 팡, 두드리면서 밝은 목소리로 말을 이어갔다. "초음파 기계를 사고, CT를 구입하고, 다음번엔 또 뭘 살 거요?"

이타가키의 갑작스러운 질문에 가나야마가 차가운 눈초리를 보내왔다.

"그 외에 또 필요한 게 있으십니까, 이타가키 선생님?"

"필요하다고 할 정도는 아니긴 한데……."

"필요한 게 있으시다면 언제라도 말씀하십시오. 선생님들의 요구에 전폭적으로 지원해드리는 것이 제가 할 일입니다."

"PET · CT라는 건 어떻소?"

툭 하고 뱉은 이타가키의 질문에 다시 회의실 안은 떠들썩해졌다.

사무장은 표정을 바꾸지 않은 채 잠깐의 시간을 흘려보냈고, 그 후 다시 억양 없는 목소리가 들려왔다.

"이타가키 선생님, PET라는 것은 최근에 와서야 겨우 일부의 보험 적용이 인정되었기 때문에 꽤나 특수성이 높은 검사 기구라고 생각됩니다."

"그렇소. 링거 주사를 놓고 사진을 찍는 것만으로 몸 전체의 암을 발견할 수 있다…… 뭐 그렇게 될 수도 있다는 최신식 기구요."

"나가노현 안에서는 아직 한 대도 들어와 있지 않은 기계입니다."

"그러니까 말이야, 앞으로 몇 년 더 있으면 확산이 돼서 다 들여놓지 않겠소? 지금부터 준비해두면 사무장한테는 황금알을 낳는 오리가 될 수도 있잖소. 의사들처럼 투덜거리지도 않고 일하고 의견이 안 맞는다고 해서 호통을 들을 일도 없고 말이지."

다시 한 번 쓴웃음과 실소가 회의실에 울려퍼졌다. 이누이는 굵은 눈썹을 움직이며 시종일관 떨떠름한 표정을 짓고 있었다.

그런 실내 공기에 조금의 동요도 보이지 않고 가나야마는 대답했다.

"죄송합니다만, 이타가키 선생님. 그것은 저의 지식이 부족한 분야 같습니다. 어림잡아서 어느 정도의 설비 투자를 요하는 기계인지는 파악하고 계십니까?"

"자세한 건 모르지. 그렇지만 PET를 사게 된다면 그 녀석을 들여놓기 위해서 커다란 공간도 준비하지 않으면 안 될 테니까, 뭐 한…… 어림잡아 10억 엔."

회의실 안은 세 번째로 웅성거리기 시작했다. 그중에는 작은 웃음소리도 들려왔다.

올해만 해도 초음파와 CT를 한 번에 갱신했고, 그것이 꽤나 획기적이었다고 병원 안이 떠들썩했다. 그렇지만 그 기계들 전부를 합친다고 하더라도 1억이나 2억 엔 정도의 계산이 나온다.

10억이라는 것은 숫자 개념 자체가 달랐다.

"대단한 금액이군요. 그것이 그만큼의 가치가 있는 기계입니까?"

"뭐 리스크는 있겠지만 나중에는 돈줄이 되는 놈이 될지도 모르니까 말이오."

"돈줄이 될지 안 될지를 생각하는 것은 저의 일입니다. 선생님께서 알려주셨으면 하는 것은 진료할 때 그것이 얼마나 쓸모가 있고 도움이 되는지에 관한 것입니다."

'이런…….'

이타가키는 조금 놀라는 눈초리였다.

이런 대답은 예기치 못했던 모양이었다.

흑자와 절약밖에 머릿속에 없는 금고지기가 10억 엔이라는 소리를 듣고 나면 그저 차갑게 묵살할 것이라고 생각했는데 이타가키의 예상은 완전히 빗나가고 말았다.

예상 밖의 상황이 벌어지면서 이타가키는 망설였고, 잠깐 동안 묘한 눈싸움이 벌어졌다.

사무장이 다시 한 번 담담하게 말을 건넸다.

"저의 일은 선생님들께 완벽하게 진료를 하라고 요구하는 것이 아닙니다. 선생님들이 진료를 완벽하게 하실 수 있도록 환경을 정비하는 것에 있습니다. PET는 진료에 그런 도움을 줄 수 있다고 생각하십니까?"

이타가키는 머리를 박박 긁으면서 태연한 태도로 대답했다.

"뭐, 앞으로 다가올 시대는 힘든 검사를 받기 어려운 고령자가 늘어날 것이고 될 수 있다면 편하게 검사를 받고 싶어 하는 사람들이 속속 나오게 될 거요. PET가 있다면 대단히 쓸모가 있을 거라고 생각하네만."

사무장은 잠깐 침묵하더니 "검토해보겠습니다"라고 대답한 후 회의를 끝냈다.

이누이 진료소.

새로운 간판은 망치 소리가 울리는 공사 현장에 조립된 발판을 따라 천천히 위로 올라가고 있었다. 크레인의 엔진 소리와 남자들이 내지르는 목소리가 울리고 있는 그곳에 커다란 활자가 둥둥 올라가고 있는 모습은 상당히 용맹스러워 보였다.

장마가 걷힌 여름 하늘에는 눈부시기만 한 햇살이 내리쬐고 있었고, 사람들도 건물도 간판도 모조리 새하얗게 빛나고 있었다. 그렇게 새하얀 빛을 받은 돌담 주변을 아름답게 채색하고 있는 백일홍의 빨간 꽃잎이 유난히 더 또렷해 보였다.

"선생님답네요."

현장 구석에서 완공 직전의 진료소를 올려다보고 있던 이타가키는 눈이 부신 듯 미간을 찌푸리며 중얼거렸다.

옆에서는 이누이가 익숙한 손놀림으로 담배에 불을 붙였다.

"나답다는 게 뭔데?"

"요즘에는 괜히 특이하거나 신기하게 지어서 뽐내거나 묘하게 모던한 느낌이 나는 클리닉 건물이 많은데 얘네들은 꼭 가식이 하나 없이 정직한 건물이네요."

이누이는 "당연하지"라며 담배 연기와 함께 말을 뱉어

냈다.

여기로 올려, 하며 큰 소리가 들렸다.

"병원은 호텔도 아니고, 환자를 '환자님' 취급하면서 머리를 숙이는 장소도 아니야. 상태가 안 좋은 인간을 건강하게 만들고 다시 돌아가게 하는 것, 단지 그것만을 위한 장소지. 꾸미거나 할 필요도 없고 그렇게 편한 장소로 만들 필요도 없어."

이타가키는 역시 이누이 두목답다는 생각을 하며 가만히 끄덕거렸다.

현재의 의료가 너도 나도 서비스 업무의 향상에 힘을 쏟고 있기는 하나, 치료 자체에 관해서는 경제적인 문제로 인해 크게 제한을 받고 있는 것이 요즘 현실이다. 그러나 이누이 진료소의 모습은 제아무리 신축 건물이라고 하더라도 오래된 여유와 고상함이 느껴지는 낡은 절처럼 계속 유연하고 우뚝하게 그곳에 멈추어 서 있을 것이다.

어느 쪽이 옳다고 쉽게 판단할 수 있는 문제가 아니라는 것을 이타가키도 잘 알고 있다. 단지 사람을 구하는 것만을 목적으로 삼고 행해오던 의료가 이제는 꽤나 까다롭고 골치 아픈 일이 되었다는 사실은 그 역시도 실감하고 있다.

"가을 즈음에는 완성될까요?"

"바깥쪽은 그렇지. 안까지 정리하려면 연말까지는 해야 돼."

될 대로 되라는 듯이 말하고 있기는 하지만 그의 눈가에는 어딘가 만족스럽고 뿌듯한 모습이 느껴졌다.

다시 한 번 "이쪽이야~"라며 커다란 목소리가 들려왔다. 그때 '이누이 진료소' 간판이 정해진 위치에 드높이 걸쳐졌다. 그냥 하얀색 상자와도 같았던 건물은 의료 시설의 모습을 한 단계씩 갖추어나가고 있었다.

진료소의 건설 현장을 보러 오지 않겠느냐며 이누이가 제안했던 것은, 계속되던 장마가 그치고 드디어 날이 갠 8월 초순의 일이었다.

현장은 마쓰모토의 시가지에서 조금 떨어진 교외라 시끌벅적한 느낌은 아니었지만 주택가에 인접해 있기 때문에 사람들의 발길은 적지 않은 곳이었다. 가까이에 의료기관은 따로 없었고 비교적 낡은 일대여서 아무래도 이 마을에 오랫동안 살아온 주민인 이누이가 아니고는 쉽게 찾을 수 없는 멋진 자리였다.

"좋은 곳을 찾으셨네요."

"생각하고 또 생각했으니까. 하지만 깊이 파고 들어보면 안 좋은 점도 있어. 뭐 내 맘에 쏙 드는 백점 만점인 곳은 없겠지만 말이야."

권유 받은 담배 한 대를 입에 문 이타가키가 대답했다.

"그렇지만 이렇게 실제로 보게 되니 갑자기 현실이 보이기 시작하면서 조금은 쓸쓸해지네요. 내년에는 그 호통 소리를 듣지 못하게 된다니."

"뭐여, 내가 맨날 호통만 치는 것처럼 말이야."

"그 호통 덕분에 지금까지 잘 흘러왔던 것도 있습니다."

이누이는 가볍게 눈썹을 씰룩거렸고 길게 연기를 뱉으며 대답했다.

"뭐, 외과 일이라면 걱정하지 마. 아마리가 있으니까. 말수도 없고 싹싹하지도 않지만 실력이 좋고 무엇보다 삐뚤어진 일은 절대 안 하니까."

"외과 쪽은 걱정하지 않습니다. 걱정인 건 혼조병원의 미래이죠."

"뭐여, 이놈. 얼마 전에는 어쩌고저쩌고 하면서 금고지기 편을 들더니 너도 역시 불안하긴 했던 거지?"

"딱히 금고지기의 편을 든 건 아닙니다. 대체적으로 신형 CT를 사서 노인들을 병원에서 내쫓고, 24시간 365일 병원을 운영하면서 이익이 남지 않는 검사는 제한시켜버리고……. 아무리 봐도 제가 어떻게 해결할 수는 없을 것 같이 보이니까요."

거침없는 모습이었지만 어슴푸레하게 감회를 드러낸 그의 말에 이누이 또한 천천히 고개를 끄덕거렸다.

"시대 흐름이라는 놈은 어쩔 수가 없는 거지. 뭐 나는 병원 개업을 했으니 다행이지만 말이야."

"너무하네."

이타가키가 웃은 그 시점에 갑자기 "왈!" 하고 날카롭게 짖는 소리가 들려왔다.

둘이 동시에 돌아봤더니 도로를 사이에 둔 맞은편에 큰 하얀색 개와 그 개의 목줄을 잡고 서 있는 작은 남자를 발견했다. 검은 베레모를 쓴 상대방은 서서히 모자를 벗고 가볍게 목례를 했다. 조금의 미소조차 없이…….

귀찮다는 듯이 끄덕거린 이누이 옆에서 이타가키는 눈썹을 모으며 인상을 썼다. 커다란 개 주인의 얼굴을 본 적이 있기 때문이었다.

"이누이 선생님, 저……."

대형견에게 끌려가듯 떠나버린 작은 체구의 남자를 쳐다보며 중얼거리는 이타가키에게 이누이는 아무 일도 없었던 것처럼 담배 연기를 내뱉었다.

"금고지기의 집이 이 근처 어디에 있다더라."

"집……? 사무장의 집?"

"말했잖아. 더할 나위 없이 좋아 보이는 이 자리에도 안 좋은 점은 있다고."

손가락 부분까지 다 타버린 담배를 휴대용 재떨이에 밀어 넣고 이누이는 갑자기 생각난 듯이 덧붙였다.

"아, 참고로 개 이름이 기누코래."

"기누코?"

"아마 암컷인가 봐."

어깨를 움츠린 이누이의 머리 위 담장으로 보이는 백일홍은 피곤함도 모른 채 여전히 고운 자태로 여름 볕과 함께 빛나고 있었다.

'24시간, 365일 진료'란 간판의 효과는 커다란 반향을 불러일으켰다.

7월에 내걸었던 간판은 8월부터 많은 환자를 내원시키는 역할을 했고 초가을인 9월, 구급차의 사이렌 소리는 당직 날과 비당직 날을 상관하지 않고 끊임없이 울리게 되었다. 바꿔 말하자면, 그만큼 한밤중에 갈 곳이 없어 불안했던 환자가 많았다고도 표현할 수 있겠다.

"내원하는 환자의 수가 자꾸만 늘고 있다고 합니다."

"내가 알고 싶은 것은 환자의 인원수보다 너의 몸 상태다. 너 얼굴색이 진짜로 심각해, 나이토."

이타가키의 말에 나이토는 그저 핏기 없는 얼굴로 "그래요……?"라며 미소를 지었다.

깊은 밤 12시. 의국의 전자 카르테 모니터 앞이었다. 원래부터 비쩍 마른 몸이라 빈말로라도 요즘 좋아 보인다고 해줄 수 없는 가녀린 체구를 지녔지만 끝없는 고된 근무가 계속되는 바람에 얼굴까지 한층 더 창백하게 변해 있었다.

"어젯밤도 여기서 밤새웠잖아, 나이토."

"지금 하신 그 말, 제가 그대로 다시 해드릴까요, 부장 선생님?"

두 사람은 전자 카르테를 타닥타닥 입력하면서 힘없는 대화를 이어가고 있었다.

"뭐, 불평이 나오고 있긴 하지만 이 정도로 환자들이 와 준다는 것은 저를 필요로 하는 사람도 많다는 의미일 테니까…… 어쨌든 쓰임을 받고 있다는 거잖아요. 경영은 물론이고 좋은 평판까지, 양쪽 모두를 호전시킨 사무장의 지휘 솜씨는 역시 대단하다는 생각이 드네요."

"그런 얼굴로 말해도 설득력이 하나도 없어. 밤을 새워서 100명을 구했다 한들, 한 사람이라도 실수하는 일이 생긴다면 곧바로 말살당하는 게 우리의 현실이니까."

그렇게 대화를 주고받는 두 사람 옆에서 또다시 구급차의 사이렌 소리가 들려왔다. 이타가키는 보란 듯이 한숨을 쉬었다.

"어떻게든 의사 수를 늘려주지 않으면 얼마 못 버틴다."

"사무 쪽에서 대규모로 의사를 모집하기 위해 꽤나 힘쓰고 있다던데, 반응이 영 신통치 않은가 보네요. '이런 촌구석에 있는 더럽게 바쁘기만 한 병원 따위에 좋다고 올 특이한 놈이 있을 리 있겠어?'라면서…… 이누이 선생님도 말하시더라고요."

"이누이 두목도 이제 그만둘 때가 다가오니까 말에 지조가 없어지기 시작했네."

"누가 지조가 없어졌다고?"

갑작스럽게 들려온 목소리에 놀라 이타가키는 어깨를 움츠렸다. 옆에 있던 나이토가 돌아보며 입을 열었다.

"아이고, 이누이 선생님도 오늘은 꽤나 늦게까지 있으셨군요."

"요즘엔 외과에 긴급 수술이 많으니까. 큰 수술은 대충 아마리가 해주고 있긴 한데 그렇다고 해서 놀고 있을 수는 없고."

쿵쿵. 스스럼없이 의국 안으로 들어온 이누이는 털썩하고 소파에 앉아 늘 피우던 담배를 꺼내 불을 붙였다.

"병원 안은 전면 금연이래요, 이누이 선생님."

"어허, 그래서 한 대만 피우려고."

알 수 없는 대답을 하면서 거리낌 없이 담배 연기를 내뱉는다.

"어이, 이타가키! 레지던트를 모집하기로 했다."

갑작스러운 말에 이타가키는 드디어 얼굴을 돌렸다.

"느닷없네요, 선생님."

"그런 것도 아니지. 얼마 전부터 생각하고 있던 거야."

이타가키는 흥미진진해 보이는 얼굴로 뱅그르르 회전의자를 돌리고 이누이를 마주 보았다. 나이토도 카르테의 입력을 멈추고 다시 외과 부장을 돌아보았다. 이누이는 만족스럽게 끄덕거리고 말을 이었다.

"금고지기가 하는 방식이 옳은지 아닌지는 일단 차치해 두기로 하고, 지금 혼조에는 확실히 물밀듯이 환자가 몰려오고 있다. 우리는 의사라는 딱지가 붙은 이상, 환자를 진찰하는 것 자체에는 아무런 이의가 없어. 하지만 이대로라면 절대적으로 의사가 부족한 상태야."

"하지만 모집한다고 걸어놓아도 의사가 모이지 않는 거죠?"

"정면으로 승부를 보려고 하니까 제대로 안 되는 거야."

이누이는 커다란 연기를 내뿜으며 웃는다.

"베테랑인 의사라면 현실도 어느 정도 잘 알고 있을 테고 더구나 능력도 갖고 있을 테지. 쓸데없이 바쁘기만 한 이런 병원엔 절대로 오지 않을 테고, 혹시나 와준다고 하더라도 맘에 안 든다고 금방 나가버리고 말 거야. 그럴 거라면 오히려 의지가 충만한 레지던트들을 모집해서 병원 전체가 교육을 시키고, 어쨌든 병원을 지탱할 수 있는 강력한 능력을 가진 의사로 만들어보는 편이 더 현실적이라고 생각하지 않아?"

이누이는 단숨에 그렇게 말하고는 "어때?"라며 두 사람을 쳐다보았다.

"역시……."

생각지 못했던 상황에 놀란 듯이 이타가키는 천천히 고개를 끄덕거렸다.

"의지와 열정만큼은 높긴 하지만 아직 현실을 알지 못하는 레지던트들이라면 낚일 수도 있다, 라는 말이죠?"

"말에 가시가 있는 것 같은데……?"

"하지만 아무리 연수생이라고 해도, 여길 올까요?"

나이토가 고개를 갸웃거렸다.

"요즘 의대생들은 나름대로 냉정한 시선으로 앞으로의 의료에 관해서 눈여겨보고 있다고 합니다. '촌구석의 더럽게 바쁜 병원'을 선택해줄지 어떨지는……."

이누이가 아무래도 아픈 곳을 찔려버렸다는 얼굴로 눈살을 찌푸렸다.

"뭐 갑작스럽게 많은 레지던트가 모일 거라고는 생각하지 않아. 그렇긴 한데 지금 상황에서 시나노대학에 다니는 의대생 한 명한테 문의가 왔다네."

의외의 대답에 이타가키와 나이토는 서로 얼굴을 마주보았다.

"어떤 일이 벌어질지 아직 한 치 앞도 모르는 상태이긴 하지만, 면접시험에서 어느 정도는 상황을 알 수 있지 않겠어?"

"면접요?"

"아무리 사람이 부족하다고 해도 지금부터 잘 기르고 가르쳐야 할 연수생을 얼굴도 보지 않은 상태로 '어서 오십쇼'라고 할 순 없잖아? 우리도 잘 가르쳐야 할 책임 같은 게 있다고."

어찌 보면 당연한 것이기는 하다.

"면접에는 내과 부장도 참석해야 돼."

"그건 상관없긴 한데, 사무장한테 그런 얘기는 했어요?"

"얘기했어. 필요하시다면 아무쪼록 진행해달라고 말이야. 그 금고지기 말이야, 의사들 목을 조르는 게 취미인가 보다 생각하고 있었는데 이렇다 저렇다 말은 많아도 꼭 그렇지만은 않은 것 같아. 그렇지?"

와하하하! 이누이는 기분 좋게 웃었다.

이타가키는 생각지도 못하게 급속도로 진행된 전개와 함께 피어오르는 일말의 망설임을 감추지 못했다.

지금의 혼조병원은 일종의 위력을 갖고 있기는 하나, 아직도 지방에 있는 작은 일반 병원일 뿐이다. 지금을 지탱하고 있는 것도 정든 이 옛터에서 계속 일해온 나이 든 의사들뿐이고, 그런 장소에 갑작스럽게 대학을 갓 졸업한 레지던트가 합류한다는 것은 상상하기 힘든 광경이기는 하다. 어쩌면 혼조병원의 미래는, 이타가키의 예상을 훌쩍 뛰어넘어 커다란 변화가 시작되고 있는 것일지도 모른다.

"사무장 말이야." 이누이가 갑자기 무언가 생각이 났다는 듯 무릎을 탁 두드리며 말했다. "예전 그 PET 센터 이야기 말이야. 그걸 진짜로 진지하게 생각하고 있는 것 같더라고."

이번엔 이타가키도 확실하게 눈이 동그래졌다.

"진짜로 만들 생각을 한다고요?"

"당장 올해나 내년의 얘기는 아닌 것 같긴 한데, 몇 년 안으로 PET 센터를 만들려고 융자를 받을 수 있는 금융기관을 찾아보기 시작했다네."

"미친 짓이에요. 10억 엔이라고요."

"네놈이 말했던 거잖아. 사무장도 그때 말했고. 현장에서 필요로 하는 게 있다면 전폭적으로 지원해주겠다고 말이야."

스스로 엄청난 일을 저질렀다며 천장을 바라보는 이타가키의 귀에 이누이의 즐거움 가득한 목소리가 들려왔다.

"재미있어진다. 그렇지, 이타가키?"

"역시……." 이타가키는 찌릿 하고 이누이를 쏘아보았다. "지조가 없어져버렸네요, 이누이 선생님."

"그러냐?"

유쾌하게 웃으며 내미는 담배 한 대를 이타가키는 말없이 받아 들고 불을 붙였다.

이타가키가 병원을 나선 것은 새벽 1시의 일이었다.

밤하늘에는 중추의 꽉 찬 보름달이 빛나고 있어서 예상 외로 밝은 밤길이었다.

병원 정문 현관을 나선 이타가키의 머릿속에는 정리되지 않은 생각들이 왔다 갔다 하고 있었다.

의료와 금전의 상관관계라든지, 새로 올 레지던트의 교육 문제, 새로운 PET 센터의 문제 등. 그 어느 것 하나도 최근 몇 년까지는 이타가키에게 전혀 상관도 없었던 문제들뿐이었다.

시선을 들면 내건 지 얼마 되지도 않은 '24시간, 365일 진료'라는 간판이 보인다.

예전에는 혼조병원도 한밤중에 들어온 구급차는 거절하는 경우가 적지 않았다. 혼조뿐만이 아니었다. 몇 안 되는 의사들로 하루 내내 업무를 회전시키고 있으니 밤중까지는 손을 뻗칠 수 없다는 것이 오히려 의료계의 상식 같은 것이었다. 하지만 지금에 와서는 당연한 듯이 24시간 태세로 환자를 받아내려 하고 있다.

한편으로 보면, 예전에는 압도적으로 의사의 재량이 인정되었던 치료 내용마저도, 지금은 국가가 명확하게 금전적인 제약을 부과하려고 하고 있다. 국민개보험(国民皆保険, 모든 국민이 의료보험에 가입하도록 하는 제도-옮긴이)이라는 꿈의 제도가 가진 한계는 확실하게 의료의 내용 자체를 변질시키고 있다.

굳이 악의를 가지고 평가하자면, 최대한으로 환자를 받아서 최소한의 치료를 하는 것이 이 시대의 흐름과 경향이라고 할 수 있다.

"한마디로 말해서, 정말 그걸로 되겠느냐는 거지."

팡 하고 배를 두드려보았지만 기분 탓인지 늘 듣던 유쾌한 소리는 울리지 않았다.

20년이나 의사로서 살아왔지만 이제 와서 이런 미적지근한 기분을 안고 가야 한다는 것은 이타가키 본인도 생각지 못했던 일이다.

지친 목소리로 한숨을 쉬며 주차장 방향을 향해 걷기 시작한 이타가키는 병원과 어느 정도 떨어진 골목 앞에서 걸음을 멈췄다. 그곳에는 빨간색의 낡은 등을 축 늘어뜨린 작은 닭꼬치집이 있었다. 아주 오래전부터 있던 가게라 이타가키도 가끔 들른 적이 있지만 요즘에는 갈 기회가 좀처럼 없었다.

그가 그 가게의 처마 끝에서 멈춘 것은 딱히 닭꼬치를 먹고 싶어서가 아니었다. 밤바람에 흔들리는 등 밑에서 꼼짝 않고 웅크린 하얀 물체가 눈에 들어왔기 때문이었다.

살짝 눈살을 찌푸린 이타가키는 그 하얀 덩어리와 눈이 마주치자 생각지도 못하게 중얼거리고 말았다.

"기누코였나?"

"멍!" 하고 밝은 소리와 함께 가게의 문이 열렸고 검은 뿔테 안경을 쓴 작은 남자가 얼굴을 내비쳤다.

말할 것도 없이 혼조병원의 금고지기였다. 평소보다 더욱 맑아 보이는 하얀 얼굴을 한 사무장의 오른손에는 출렁거리는 작은 술병이 들려 있었다. 이타가키를 보고도 특별히 놀라는 모습은 아니었다.

이타가키는 손목시계로 시선을 한 번 떨구고 나서 다시 사무장의 감정 없는 눈을 쳐다보았다.

"빈자리가 있소?"

갑작스러운 이타가키의 목소리에 대답은 곧바로 돌아오지 않았다.

"이 시간이면 집사람도 이미 잠들어 있고 해서 말이지."

가나야마는 감정 없는 눈동자로 가게 안을 한 번 훑어본 후, 다시 내과 부장을 쳐다보았다.

"들어오시죠."

이타가키는 히쭉 웃으며 노렌을 걷었다.

"신기한 곳에서 만나네, 사무장."

카운터 자리밖에 없는 조촐하고 아담한 닭꼬치 가게에 이타가키의 굵은 목소리가 울렸다.

가게 안에는 이런 늦은 시간임에도 작업복을 입은 근육질의 젊은이들 몇 명과 피곤에 찌든 것처럼 보이는 양복 차림의 중년 남자도 보였다.

오랜만에 들른 곳이지만, 가게 공기는 옛날하고 많이 변하지 않았다. 벗겨진 벽지에는 손으로 쓴 메뉴판이 붙어 있었고, 천장에는 왜 달려 있는지 존재의 의미를 알 수 없을 정도로 기름때에 찌든 환풍기가 느릿느릿 돌아가고 있다. 변한 곳을 굳이 찾는다면 예전부터 있었던 백발의 점장과 얼굴이 많이 닮아 있는 키가 큰 청년이 가게 안에서 분주히 일하고 있다는 것 정도이리라.

"가끔 들르는 곳이오?"

무표정의 사무장이 조용히 들어 올린 술병에 잔을 갖다 대며 이타가키가 말했다.

"가끔 옵니다."

대답은 꼭 필요한 최소한의 말뿐이었다.

얼마나 절약 정신이 투철한지 말수와 성량까지도 아끼고 있는 것은 아닐까 생각될 정도였다.

좁은 카운터 위에 몇 개의 빈 술병이 올라와 있는 것을 보니, 나름대로 많은 양의 술을 마신 것 같았다. 그래서인지 그렇지 않아도 핏기가 없는 하얀 얼굴은 한층 더 창백해져서 마치 노멘(能面, 노라는 일본의 전통 가면극에서 쓰는 새하얀 얼굴의 가면으로, 무표정인 사람을 비유하는 단어 - 옮긴이)과도 같았다.

"오늘 밤은 기누코 짱이랑 데이트?"

"일이 늦어지는 날에는 부득이하게 직장까지 데리고 나올 수밖에 없습니다. 다행히도 사무국에는 저 아이를 예뻐해주는 직원들도 있으니까요……."

무표정하고 차가운 얼굴로 기르고 있는 개를 향해 '저 아이'라고 칭하는 모습에 이타가키는 웃음이 나올 뻔했지만 그 얘기는 굳이 입 밖으로 꺼내지 않았다.

"개를 데리고 교회에서부터 걸어오는 거요?"

"약 한 시간 정도 걸립니다. 아마 기누코는 아무도 없는 집에 혼자 있는 것보다는 산책이 훨씬 즐거울 겁니다."

이타가키는 두 번 정도 눈을 깜빡거렸다.

"사무장, 독신이었소?"

"아니요, 결혼했습니다."

"그럼, 직장 때문에 떨어져 있는 거요?"

"아니요."

이타가키는 잔을 입에 갖다 댄 채로 고개를 갸웃거렸다.

"……이혼했소?"

"아니요."

"뭐야, 알 수가 없네."

"부인은 5년 전에 타계했습니다. 위암이었습니다."

이번엔 얼굴을 찌푸렸다.

"……5년 전이면 아직 젊었을 텐데?"

"58세였습니다. 저보다 다섯 살 많았으니 지금 제 나이였죠."

가나야마가 생각보다 꽤 나이를 먹었다는 사실과 함께 이타가키는 짐작할 수 있었다. 생각해보니 그는 이미 실적을 차곡차곡 쌓아 올리고 있던 관료의 길에서 물러나 혼조에 온 남자였다. 그 정도의 연령이라면 있음직한 일인 것이다.

"부인이 연상이었다는 거로군."

사무장은 특별히 대답하지 않고 술병을 들어 이타가키의 빈 잔에 따라주었다.

이타가키로서는 생각지 못한 화제에 당황스러운 마음도 있긴 했지만 여기에서 장난치며 얼렁뚱땅 다른 얘기로 넘어가며 신경 써주거나, 가만히 입을 다물고 있거나 하는 행동도 그의 방식은 아니었다.

"뭐, 위암이라는 건 평소부터 확실하게 검진을 받아두지 않으면 증상이 나왔을 때는 대개 위험한 상태가 되어 있고 하니까 말이오."

"검진은 받고 있었습니다. 죽기 1년 전에."

이타가키는 기울인 잔을 그대로 멈추고는 그를 쳐다보았다.

"그저 발견하지 못했을 뿐입니다."

"……못 보고 지나쳤다는 거요?"

"이타가키 선생님은……." 가나야마의 어조가 조금은 강해진 것처럼 느껴졌다. "위내시경 카메라만 있으면 확실하게 위암을 발견할 수 있습니까?"

이타가키는 한순간 눈썹을 움직였고 조용히 대답했다.

"단언할 수는 없소. 조건에 따라 달라지니까 말이오."

조용히 한 잔을 비워냈다.

"내시경 검사라고 하는 건 검사자의 능력만으로 결과를 결정지을 수 있는 것이 아니오. 내시경의 성능에 따라 볼 수 있는 것은 폭넓게 바뀌니까."

"구식 내시경이라면 선생님도 간과하고 넘어갈 수 있다

는 뜻입니까?"

"그런 건 간과하고 지나쳤다고 말하지 않지. 도구가 나빠 볼 수 없는 건 당연히 못 볼 수박에 없소. 일류 F1의 레이서라고 해도 경차 트럭으로는 폴 포지션(결승 레이스에서 맨 앞줄의 제일 좋은 위치 – 옮긴이)에 설 수 없잖소?"

"그럼 제 아내의 경우도 못 보고 지나친 것이라고 할 수 없습니다. 검사를 해준 의사는 아주 실력 있는 의사였으니까요."

이타가키는 입을 다물고 사무장을 쳐다보았다.

가나야마는 조용히 잔을 비우고 있었다.

이어지는 말은 없었지만 이타가키는 이 과묵하고 유능한 관리의 철학을 조금은 알 수 있을 것 같았다.

'저의 일은 선생님들께 완벽하게 진료를 하라고 요구하는 것이 아닙니다. 선생님들이 진료를 완벽하게 하실 수 있도록 환경을 정비하는 것에 있습니다.'

제멋대로이며 자기만족만이 가득한 이기적인 사람이라고밖에 해석할 수 없었던 가나야마의 철학은 그의 젊은 시절 한 페이지로 인해 그렇게 변할 수박에 없었음을 깨닫게 되었다. 갑자기 모든 것을 입체적으로 실감할 수 있었다.

이타가키가 복잡한 심정으로 가나야마 쪽으로 시선을

돌리자 하얀 볼에는 어떠한 감정도 스치지 않은 것 같았고, 그의 차가운 눈동자는 손에 쥔 술잔만을 응시하고 있었다.

갑자기 웃음소리가 퍼진 것은 구석 자리 남자들로부터였다. 그 옆의 중년은 묵묵하게 닭똥집을 먹고 있었고, 누가 봐도 밤일을 하고 돌아온 것처럼 짙은 화장을 한 여자가 어느새 앉아 생맥주를 맛있게 마시고 있었다.

인간은 각자 나름의 유쾌함과 비애를 가지고 있다. 이타가키와 사무장, 병원에서는 이미 정평이 나 있는 이 조합도 이 공간 안에서는 그저 일상의 풍경에 함께 녹아 있는 한 명의 인간일 뿐이었다.

"여기 있습니다."

갑자기 기운 좋은 목소리와 함께 두 사람 앞에 닭꼬치 여러 개가 접시에 담겨 나왔다. 고개를 들어보니 머리에 수건을 두른 젊은 점장이 싹싹하게 웃는 얼굴로 가나야마를 바라보고 있었다.

"멍멍이 말고 다른 친구를 데리고 오시다니 보기 드문 일이네요. 서비스입니다."

시원스레 고하고는 다시 가게 구석으로 돌아갔다.

"친구라는데?"

웃고 있는 이타가키는 당연히 대답을 기대하지 않았다.

가나야마는 하얀 손을 뻗어 꼬치 한 개를 잡고 마구잡이로 먹어치우고 있었다.

이타가키는 구태여 많은 것을 묻지 않았다. 물었다고 한들 대답해줄 상대도 아니며 무엇보다 호기심보다는 예의를 우선시해야 한다는 것 정도는 알고 있다. 이타가키도 충분히 성숙한 사람이기 때문이었다.

따라서 그는 안개가 자욱이 낀 천장을 올려다보며 제멋대로 화제를 바꾸었다.

"PET 센터, 진심으로 만들 작정인 거요?"

갑작스러운 말이었지만 가나야마는 눈곱만큼도 망설임을 보이지 않았다.

"선생님들이 진료하실 때 크게 도움이 된다고 하지 않으셨습니까?"

"아직 미지수인 도구요. 물론 금방 강력한 무기가 될 거라고 생각하고는 있지만."

"그렇다면 충분합니다."

"근데 10억이오. 알고 있죠?"

"그렇기 때문에 시간은 조금 걸릴 겁니다. 하지만 선생님이 걱정하실 일은 아닙니다. 돈 계산은 저의 영역이라고 이미 말씀드렸을 텐데요." 술잔을 단숨에 비우고 나서 사무장은 말을 이었다. "선생님들은 더 좋은 의료를 향해 힘써주시는 것, 그것만으로 충분합니다."

내과 부장을 향해 자칫하면 조금은 실례가 될 수도 있는 말을 그는 그저 평온하게 입에 담고 있었다.

그의 이런 태도가 상대방을 적으로 만들어버리는 하나의 원인이기도 하지만 이타가키는 그것을 기분 나쁘게 생각하지 않았다. 그저 가만히 미소를 지으며 술병을 들어 사무장의 술잔에 기울였다.

"더 나은 의료 얘기라면 노인들을 조기 퇴원시키는 쪽은 어떻게 수정이 안 되는 거요?"

"그것은 다른 문제입니다. 평균적으로 병원에 입원해 있는 날짜를 단축하는 것은 온전하게 병원이 경영되기 위해 필수적인 것이기 때문에 치료가 끝난 환자는 조속하게 퇴원시켜주셔야 합니다."

매끈하게 대답한 가나야마는 다시 잔을 비워냈다.

이것 좀 보소, 라며 웃고 있는 이타가키 또한 그 이상의 말은 하지 않았고, 조용히 다시 한 잔을 따라주었다.

한밤중에도 연기가 사라지지 않는 닭꼬치 가게 앞에는 몸을 웅크린 기누코가 기분 좋은 듯이 선잠을 이어가고 있었다.

12월이 되니 신슈의 각 지역에는 본격적으로 겨울 색이 물들어가기 시작했다.

하늘은 맑게 개어 있고, 저 너머의 산들은 신성하다고 느낄 수 있을 정도로 하얗게 빛나고 있었다. 길모퉁이에는 맑게 갠 하늘 밑에서도 녹을 생각이 없는 눈들이 응어리져 있었다. 한밤중이 되자 완전히 얼어붙은 아스팔트 노면은 달빛을 받아 아련하고 느리게 빛을 반사시키고 있었다.

급속하게 떨어진 기온은 컨디션이 나빠진 사람들 또한 급속하게 늘어난다는 의미였다. 혼조병원의 응급실은 하루하루 늘어나는 내원 환자들을 소화하기 위해 죽을 만큼 바빠지게 된다.

구급차가 병원에 들어오는 수도 계속 늘어나고 병원 전체가 오로지 전력으로 뛰어다녀야만 하는 매일이지만, 그저 살벌하게 바쁜 분위기만은 아니었다. 신기하게도 그곳엔 활기가 가득 차 있었다.

물론 가혹한 환경이기는 하지만 지역 의료를 지탱하고 있다는 조용한 자신감이 병원 전체를 부드럽게 감싸고 있었던 것이다. 의사를 시작으로 간호사나 약사, 기사 등의 스태프들에게도 꽤나 큰 활력을 주는 것처럼 보였다. 거기에 순조롭게 진행된 '설비와 장치들의 갱신'이라는 눈에 보이는 변화가 더해졌기 때문에 좀 더 확실하게 변화의 실감이 현장에 영향을 끼치고 있었다.

"모두들 잘하고 있네."

이타가키는 구급차가 오가는 병원 정문의 응급실을 내려다보면서 진지하게 중얼거리고 있었다.

장소는 병원 의국 옆에 있는 원장실이다.

수수하고 꾸밈이 없는 비좁은 원장실에는 원장인 혼조 주이치, 사무장인 가나야마와 내과 부장 이타가키, 외과 부장인 이누이가 한자리에 모여 있었다.

"모두들 열심히 힘써주니 감동스럽군."

조용한 그 목소리는 구석 의자에 앉아 있던 혼조 원장의 목소리였다. 풍성하게 하얀 수염을 기른 관록 있는 경영주의 느긋한 목소리가 방 안에 울려 퍼졌다.

"덕분에 병원 규모는 조금씩 확대되고 있소. 이누이 선생이 개업을 해서 우리 병원을 떠나게 된 것은 큰 타격이지만, 지금 병원 안에서 모두가 힘쓰고 있는 것을 알아준 것인지, 몇 개의 의국에서 비정규직으로 근무할 의사만이라도 우리에게 파견해주려고 한다는 이야기도 들려오고 있고."

"몇 년 전까지만 해도 조촐했던 병원을 떠올려보면 거

짓말 같은 이야기이긴 하군요."

이누이가 웃으면서 말했다.

"또 즐거워 보이네요, 이누이 두목."

"뭐여, 이타가키. 또 그렇게 우울한 얼굴을 하고 있네. 환자는 늘고 경영은 흑자고, 혼조는 규모가 커졌으니 좋은 것들 투성이잖아."

"의사들이 할 일이 많아졌죠. 밤에는 잠도 못 자고 점심 먹을 시간도 없고. 그런데도……." 이타가키는 이누이를 힐끗 쳐다보았다. "외과의 기둥이 퇴직을 한다니."

"낡고 오래된 의사는 도태되는 시대야. 이제부터 의사는 청진기와 손익계산, 양쪽을 다 따지지 않으면 안 되는 시대니까 말이야."

빈정거림과 현실의 실감이 반반씩 섞인 그의 말에 이타가키는 쓴웃음을 지었고, 가나야마는 그저 차갑고 냉정한 눈빛을 보내고 있었다. 원장은 의외로 진지한 얼굴을 한 채 끄덕거렸다.

그래서, 라며 조금 강인하게 침묵을 깨버린 사람은 가나야마였다.

"한겨울, 바쁜 시기에 이렇게 시간을 내서 모여주셨으니 곧바로 본론으로 들어가겠습니다. 방금 전 면접을 끝낸 레지던트의 합격 여부에 관한 건입니다."

그의 목소리에 이누이도, 이타가키도 다소 표정을 고쳐 잡았다.

바로 방금 전 이 방에서 한 명의 의대생과 면접을 끝냈다. 네 명이 둘러싼 책상 위에는 각자의 눈앞에 한 장의 이력서가 놓여 있었다.

"대대적으로 공모했음에도 한 사람뿐이라는 것이 조금 아쉽기는 하지만……."

"그건 욕심이 지나친 거야, 사무장." 이누이는 두꺼운 입술로 웃으며 말했다. "정체도 알 수 없고 응급실까지 딸린 이 병원 레지던트를 지원한 젊은 학생이 일단은 한 명이라도 와준 것 자체가 대단한 거지."

솔직한 그의 의견에 이타가키도 고분고분 동감하고 있었다. 원장 또한 조용히 고개를 끄덕거리며 이야기를 이어갔다.

"우리 병원은 아직 레지던트를 지도할 만한 확실한 체제가 확립되어 있지 않소. 레지던트를 교육하는 데 따라오는 책임을 생각한다면, 사람이 부족하다는 이유로 생각 없이 받아들여서는 안 되겠지. 그런 의미에서 단 한 명의 희망자가 왔다고 하더라도 각각의 책임자들이 갖고 있는 솔직한 의견을 들어보고 합격 여부를 판정하고 싶다오."

혼조 원장은 이런 점에서 뛰어난 식견을 나타낸다.

병원의 경영팀 중에서도 최고의 자리에 본인이 스카우트해온 관료를 갑작스럽게 앉히는 개혁을 단행했으면서도 의사로서의 관점도 결코 빠뜨리지 않았다.

"먼저 여러분의 의견을 듣고 싶네. 내가 먼저 발언하는 것은 공정성이 떨어지는 것 같으니."

"저는 발언을 삼가겠습니다." 재빠르게 가나야마가 말을 던졌다. "임상에 관한 일에서는, 무엇보다 레지던트 교육에 관해서는 완벽하게 초짜인 제가 의견을 내는 건 아닌 것 같습니다."

담백하게 물러난 금고지기 덕분에 이누이는 오히려 당황스러운 얼굴을 하고 있었다. 또 무슨 일이든 성가신 의견이라도 뱉으면서 밀어붙이겠구나, 라는 예상을 하고 있었던 것이다.

이누이는 곧바로 관록이 묻어난 웃음을 띠며 대답했다.

"괜찮은 건가? 우리, 사무장의 의견을 막 무시하거나 짓밟는 그런 인간들 아니야."

"괜찮습니다. 혹시 이누이 선생님과 이타가키 선생님 사이에서 의견이 나뉠 경우에는 제 나름의……."

“그런 걱정은 필요 없고. 너구리, 그렇지?”

의미 있는 웃음을 보내고 있는 이누이에게 이타가키 또한 웃으며 어깨를 씰룩거렸다.

“의견이 일치하고 있다는 뜻이겠네?”

원장의 질문에 “그런 것 같습니다”라고 대답하고 끄덕거리는 이타가키의 머릿속에는 숨김없는 시선을 보내오던 청년의 모습이 떠올라 있었다.

희한한 청년이었다.

이력서를 보니 존경하는 인물도, 좋아하는 책도, 취미도 전부 ‘나쓰메 소세키’로 통일되어 있었다. 진심인지 농담인지 판단할 수는 없지만 어찌 되었든 좋은 인상을 주는 이력서라고는 생각되지 않았다. 괜찮은 것인지 걱정하며 면접에 들어가보니 대단히 조용한 말투와 침착하게 행동하는 청년이었다.

‘이런 애였어?’라는 생각이 들어 오히려 김이 빠졌던 이타가키는 오히려 면접이 끝나갈 무렵, 굉장히 신선한 상황과 맞닥뜨리게 되었다.

“자네는 혼조병원이 내걸고 있는 ‘24시간, 365일 진료’라는 간판을 보고 무슨 생각을 했는가?”

질문을 한 사람은 이누이였다.

갑작스럽기는 했지만 이타가키는 그 질문을 하는 이누이의 기분을 충분히 이해할 수 있었다. 이제 혼조를 떠나야 하는 이누이는 다음 세대인 젊은 의사들이 그 빨간 간판을 보고 어떻게 생각하는지를 솔직하게 묻고 싶었던 것이다.

청년은 아주 잠깐 생각한 후 차분히 대답했다.

"의료의 기본이라고 생각합니다. 무리한 부분도 있습니다. 물론 리스크도 있을 것입니다. 하지만 병원이라고 하는 장소는 24시간 365일 도움을 요청하는 이가 있다면 언제든 손을 뻗어주는 곳이었으면 좋겠다고 생각해왔습니다."

저는, 이라는 말과 함께 살짝 말을 끊은 청년은 약간 망설이는 듯하다가 덧붙였다.

"그 간판을 보았기 때문에 이곳에서 공부해보고 싶다고 생각하게 되었습니다."

담담하게 고한 그의 말이 스쳐간 그때, 그의 말투와는 별개로 이상하리만큼 상쾌한 느낌을 받았던 그 순간을 이타가키는 그대로 기억하고 있었다. 그리고 그저 정면만을 바라보며 대답하던 청년의 모습은 이타가키가 그동안 잊고 있던 뜨거운 무언가를 상기시켜주기에 충분할 정도로 진지함을 품고 있었다.

"의료의 기본이라는 거지."

웃음 섞인 이타가키의 목소리는 의외로 힘 있게 울리고 있었다. 이누이는 쓴웃음을 지으며 어깨를 움츠렸다.

"이번엔 내가 졌네. 사무장이 쏘아 올린 불꽃이 이런 곳에서 크게 피어오르게 될 줄은 생각지도 못했는데."

그의 유쾌한 표정을 보아하니 이누이 또한 눈앞의 청년이 풍기는 듬직한 모습에서 무언가를 느끼고 있는 게 분명했다.

"뭐, 3일만 지나면 이상과 현실의 괴리감을 깨닫고 화를 내버릴지도 모르겠지만."

"우리가 원하는 바야. 현실과 타협하는 것은 걸음을 시작하고 난 후에 해도 늦지 않아. 우리도 그렇게 해서 여기까지 걸어온 거니까."

"정말 괜찮은 겁니까?"

조금은 염려의 목소리를 내고 있는 사무장의 목소리가 들려왔다. 탁자에 놓인 이력서를 손에 들면서 덧붙였다.

"자기소개란을 '나쓰메 소세키'만으로 꽉 채운 청년입니다."

"뭐야, 혼조 주이치로 꽉 채워서 낸 놈이 아니라 안심이 안 된다는 건가?"

농담 섞인 이누이의 비아냥거림에 사무장은 영리한 눈을 살짝 찌푸렸다.

"이런 남자애니까 괜찮은 거지."

의자 등받이에 천천히 몸을 기댄 이누이는 이미 서류를 쳐다도 보고 있지 않았다.

"오히려 이런 남자애가 아니면 안 되는 거야. 이렇게 숨 막히게 변하고 있는 의료 현장에서 어떻게 해서든 살아남아야만 하는 곳이 여기 혼조병원이잖아. '도움을 요청하는 이가 있으면 손을 뻗어주는 것이 의료의 기본이다'라는 말을 쑥스러워하지 않고 말할 수 있는 남자가 필요한 거야. 그렇지, 이타가키?"

이타가키는 조용히 끄덕거렸다.

가나야마는 입을 열지 않았다. 병원장 또한 아무 말도 하지 않고 생각에 잠긴 듯이 허공을 올려다보고 있을 뿐이었다.

잠시 동안의 침묵을 덮듯이 이타가키가 입을 열었다.

"이 녀석은 분명히 좋은 의사가 될 겁니다."

이타가키가 강한 목소리로 대답하고는 속 시원하게 배를 팡 하고 두드렸다. 오랜만에 듣는 경쾌한 소리였다.

마쓰모토의 겨울은 길다.

다르게 말하면 봄과 가을이 짧다는 뜻이다.

따라서 3월이라고 해도 한밤중과 이른 아침의 바람은 아직 매섭기만 하다. 그래도 1월과 2월에는 기온이 영하 10도 아래까지 떨어지는 지역이기 때문에 춘분이 지날 무렵이 되면 봄을 느낄 수 있는 기분으로 가득 차게 된다.

그런 계절의 변화를 누구보다 빠르게 마을에 알리는 것은 아무렇지 않은 듯 길가를 수놓은 매화나무이다.

“벌써 이 시기가 왔군.”

한밤중 골목에서 이타가키는 발을 멈추고 민가에 심은 매화나무를 올려다보았다. 검고 울툭불툭한 가지의 이곳저곳에는 어둠 속에서도 알 수 있을 만큼 빨간 꽃봉오리가 피어 있었다. 처마 끝에는 아직 녹지 않은 눈들이 응어리져 있지만 봄을 알리는 휘파람새가 올 때쯤이면 이 눈들도 틀림없이 녹아 없어져 있을 것이다. 잠시 멈추어 선 채로 매화나무를 응시하고 있는 이타가키는 갑자기 차가운 바람이 느껴져 코트 깃을 세우고 몸을 부르르 떨었다.

겨우 카르테의 기재를 끝낸 이타가키가 병원을 나선 것은 밤 12시가 지날 무렵이었으니 하루 내내 머물러 있던 따뜻한 양기는 거짓말처럼 사라지고 기온은 훅 떨어져 있었다. 그 추운 공기 저편에는 조금 전부터 사이렌 소리가 계속 왔다 갔다 울려대면서 오늘 밤도 혼조병원은 대성황임을 알리고 있었다. 오늘 당직은 이누이이므로 지금쯤이면 틀림없이 욕을 퍼부으며 병원 안을 뛰어다니고 있을 것이다.

희미하게 쓴웃음을 지은 이타가키에게 갑자기 "멍!" 하고 짖는 소리가 들려왔고 고개를 돌려보니 바로 앞에 보이는 빨간 등 밑에 하얀 꼬리를 신나게 흔들고 있는 커다란 개가 보였다.

"어이, 기누코. 오랜만이야."

한 손을 올린 이타가키에게 기누코는 기쁜 듯이 꼬리를 흔들고 하얀 입김을 뱉고 있었다.

그녀의 복슬복슬한 머리를 쓰다듬고 가게 안을 들여다보니 카운터 구석 자리에서 창백한 얼굴의 사무장이 담담하게 술잔을 기울이고 있었다.

"함께 마셔볼까나, 사무장."

대답을 듣지도 않고 옆자리에 털썩 앉았다.

가나야마는 슬쩍 차가운 시선을 던졌을 뿐, 조용히 자신의 잔을 기울이고 있었다.

"사무 쪽도 요즘엔 드디어 바빠진 것 같네만."

"선생님들에 비하면 아무것도 아닙니다. 저희는 적어도 자고 싶을 땐 잘 수 있으니까요."

그는 담담히 대답하고 이타가키의 술잔에 술을 따랐다.

이타가키는 마음대로 "건배!"라고 외치더니 홀짝 술잔을 비워냈다.

"어제 또 이누이 두목을 화나게 했다고 하던데."

"외과의 평균적인 입원 일수가 2일 정도 늘어났기 때문에 환자의 조기 퇴원을 부탁드린 것뿐입니다. 요즘 들어서 암환자를 간병하는 일이 늘어나서 병상의 회전률이 떨어졌으니까요."

"엄청나게 화를 냈다고 하던데 대체 뭐라고 했기에 그렇게 화낸 거요?"

"고칠 수 없는 병을 가진 환자라면 시설이나 자택에 있어도 괜찮으니 빨리 퇴원시켜주세요, 라고요."

"그건 화낼 만하네." 이타가키는 쓴웃음을 지었다. "2주 후에는 퇴직하시지 않나. 너무 그렇게 마지막까지 화내게 하지는 말았으면 좋겠는데."

"고려해보겠습니다만, 그 대신 내과 환자들의 입원 일수를 줄여주셨으면 좋겠습니다."

"뭐야, 나를 공략하시겠다? 이거 이거, 안 되겠네."

우하하하, 이타가키는 호탕하게 웃으며 모둠 닭꼬치를 주문했고 무리하게 화제를 바꾸었다.

"PET 센터의 예산이 통과되었다고 하던데?"

사무장이 눈살을 살짝 찌푸렸다. 그러고는 조용하게 한 잔을 비우고 입을 열었다.

"내년도의 예산입니다. 81은행에서 융자를 받게 되었습니다."

"대단해. 진짜 빠르네."

"당초 예정보다 1년 정도 앞당겼습니다. 혼조병원이 응급 의료에서 얻은 실적이 제가 상정했던 것보다 높게 평가받고 있다고 합니다."

담담하게 말하고 있었지만 거기에 이르기까지의 과정은 보통의 노력으로는 이루어질 수 없는 것이다. 가나야마는 그 고생과 노력을 조금도 드러내지 않은 채, 범상치 않은 속도로 혼조병원을 성장시켜가고 있었다.

"굉장하네, 사무장."

"선생님들 덕분입니다. 실제로 환자를 진찰하는 것은 제가 아니고 선생님들이니까요."

이런 대사를 임상 의사들에게 확실히 말해주기만 한다면 지금까지 있었던 여러 가지의 작은 오해들도 풀 수 있을 텐데……. 이타가키는 마음속으로 그런 생각을 하며 쓴 웃음을 뱉어냈다.

하지만 그런 사리분별 있는 대사라도 지금처럼 사무장이 무표정한 얼굴로 말한다면 비꼰다고밖에 생각할지도 모른다고 느껴서 이타가키는 충고를 포기했다.

"다음 달부터 레지던트도 올 거고 PET 센터도 공사를 시작한다니, 이제부터 다시 여러 가지로 바빠지겠네."

"해가 바뀌면 DPC 내용 또한 바뀌게 됩니다. 후생노동성에서 조여오는 국민건강보험에 관한 압박은 매년 확실히 엄격해지고 있습니다."

"괜찮은 거요?"

"그건 저의 영역입니다. 선생님들이 걱정하실 필요는 없습니다. 선생님들은 질 좋은 진료를 위해서 힘써주시기만 하면 되는 겁니다."

언제나처럼 상대방의 말을 밀어내버리는, 자칫 꽤나 실례되는 말처럼 들리는 대답이었다. 하지만 화자를 자기편이라고 생각해본다면 이것처럼 든든한 대사도 없었다.

이타가키는 씽긋 웃으며 끄덕거렸다.

"그나저나 기누코 짱을 만난 게 오랜만이네. 요새는 안 데리고 오는 거요?"

"한겨울에는 아무래도 걸어서 출근하는 게 힘드니까요. 집을 지키게 하고 있습니다. 외로움을 많이 타는 기누코에게는 미안하게 생각하고 있습니다만."

기르는 개의 이름을 실제 가족의 이름처럼 입에 올리는 사무장의 태도를 보고도 이타가키는 웃을 수 없었다.

아무리 붙임성이 없고 농담도 통하지 않는 사람이라고는 해도, 그리고 개의 이름을 짓는 센스가 부족하다고는 해도 눈앞의 인물이 그저 돈 계산에만 뛰어난 이상한 남자만은 아니라는 사실을 이제는 알고 있다. 아무리 '희로애락'이란 감정과는 전혀 상관없어 보이는 이 사무장도 결혼을 했고 아내와 함께 생활했고 또한 간병했던 경험이 있는 남자라는 것을 지금의 이타가키는 모르지 않기 때문이었다.

이타가키는 천천히 술잔을 들어 올려 탁자 위에 놓인 가나야마의 술잔에 짤각 맞대었다.

"현장의 일은 나의 영역이오. 당신이 걱정할 일은 아무것도 없소."

무감정으로 무장한 사무장의 눈이 희미하게 커졌다. 미세하게 커진 눈 이외에는 아무런 변화도 일어나지 않았다.

그저 이타가키가 유유히 눈앞의 잔을 비웠을 때, 그를

쳐다보고 있던 가나야마도 다시 서서히 술잔을 들어 한 번에 비워낼 뿐이었다. 그렇게 묘한 침묵 속에서, 두 사람의 머리 위로 다른 손님들의 밝은 웃음소리와 함께 굽고 있는 닭꼬치의 두터운 연기가 지나갔다. 오늘도 깊은 밤중이지만 가게는 시끌벅적했고 음식을 담고 있는 젊은 주인장도 반년 전과 변함없이 활력 있게 돌아다니고 있었다.

"그런데 말이오." 갑작스럽게 이타가키는 상체를 내밀어 가나야마를 들여다보았다. "입자 방사선 치료라는 거 아시오?"

고개를 살짝 움직인 사무장은 감정 없는 목소리로 대답했다.

"……들어본 적은 있습니다만 자세하게는 모릅니다."

"방사선 중에서 특별한 성분만을 꺼내어 암세포와 맞부딪치게 하는 치료라오."

"요즘에 와서 선진 의료로서 인정받게 된 영역이군요."

"역시 사무장이네."

고개를 크게 끄덕거리며 한 잔을 비워낸 이타가키는 마치 안부 인사라도 하는 듯이 가볍고 매끈하게 덧붙였다.

"이번에 어떻소? 입자 방사선."

사무장은 차가운 눈을 돌린 채로 대답했다.

"현 시점에서는 국내에 단 몇 대밖에 없는 기계라고 들었습니다만."

"그렇소. 아마도 아직 열 대도 없지 않을까 싶은데."

"더 좋은 의료를 위해서는 제가 적극 돕겠다는 말씀을 드린 적은 있긴 합니다만, 그런 기계까지 저희 병원에 필요합니까?"

"지금은 필요 없소. 하지만 10년 후에는 모르지. 당신이 세운 그 빨간 간판도 말이야. 1년 전에는 필요 없다면서 아무도 생각 안 했잖소."

가나야마의 차가운 눈이 한층 더 차가운 빛을 뿜어내고 있었다. 이럴 때 사무장은 머릿속으로 무시무시한 속도로 계산기를 두드리고 있는 것이다.

"참고로 어느 정도의 비용이 드는지 알려주실 수 있습니까?"

"정확하게는 모르오. 뭐, 넉넉하게 견적을 잡아도 몇 백억은 들지 않을까?"

닭꼬치집 천장에 '몇 백억 엔'이라는 말도 안 되는 단위만이 연기와 함께 올라와 있었다.

가게 주인이 들어보지도 못한 숫자에 깜짝 놀란 듯이 이쪽을 쳐다보았지만 즉시 원래 하던 일로 돌아갔다. 틀림없이 잘못 들은 것이라고 생각했으리라.

“사무장이 가진 교섭력이라면 50억 정도로 해결할 수 있을지도 모르지.”

웃고 있는 이타가키의 눈앞에서 가나야마는 여전히 티끌만큼도 표정을 움직이지 않고 있었다. 단지 들어 올린 술잔이 가슴께에 멈춰 있을 뿐이었다.

연기와 술과 웃음소리가 뒤엉켜 있는 가게 구석에는 장소와 어울리지 않게 긴장감이 맴돌았다. 너구리 내과 부장과 무표정한 사무장이 마치 서로의 마음속을 떠보기라도 하는 듯 침묵의 시간을 재고 있는 것이었다.

그런 이상한 풍경도 웅성거리는 가게 안에서는 주목 받을 정도는 아니었다. 가게 앞에 있던 기누코만이 무언가를 느낀 것처럼 갑작스레 일어나더니 불안한 눈으로 유리 문 너머의 두 사람을 쳐다보았다.

머지않아 침묵이 깨지고 가슴 앞에 있던 술잔이 움직였다. 그리고 다시 천천히 비웠다.

“진료를 할 때…… 도움이 되는 것입니까?”

늘 똑같은 음성으로 사무장이 말했다.

이타가키는 유유히 사무장의 잔에 술병을 기울이며 대답했다.

"무기는 될 수 있을 거요."

"검토해보겠습니다."

마치 내일 회의 시간이라도 정하는 느낌으로 짧은 대화가 오갔고, 다시 침묵이 찾아왔다.

이타가키가 술을 마셨다.

가나야마도 조용히 한 잔을 넘겼다.

마음속에는 각자의 생각을 품은 채, 손동작만큼은 그저 담담했다. 술병은 기울어졌고, 닭꼬치는 입속으로 들어가고 있었다.

오랫동안 신기하게도 두 사람을 올려다보고 있던 기누코는 곧바로 커다랗게 하품하더니 다시 가게 앞에서 하얀 꼬리를 동그랗게 말고 웅크린 채로 졸기 시작했다.

머리 위를 수놓은 매화나무가 갑자기 살짝 흔들린 것은 가지에 녹아 있던 눈이 길가로 떨어졌기 때문이었다. 터지다 만 춘분의 매화 꽃봉오리는 잠시 미소를 지은 채 흔들리며 가로수 밑에서 졸고 있는 기누코를 지켜봐주고 있었다.

제3장

신의 카르테

신슈의 여름, 저녁노을은 유난히 아름답다.

뉘엿뉘엿 넘어가는 태양이 북알프스의 울퉁불퉁한 능선에 다다를 무렵, 하늘은 눈이 얼얼해질 만큼 주황빛으로 물들었다. 서쪽 하늘을 속속들이 물들인 주황빛의 노을은 검붉은색에서 옅은 오렌지색으로 빛을 떨구고 다시 푸른빛에서 남빛으로 변했다. 그리고 짙은 감색이 된 동쪽 하늘로 이어져가고 있었다. 동쪽 하늘을 감싼 우쓰쿠시가하라의 능선은 이미 밤의 기운이 짙게 깔려 있었다.

일상을 채색하는 짧은 순간의 비일상적인 모습은 빛과 색채가 만들어내는 향연이다.

구리하라 이치토가 조금의 미동도 없이 창밖을 올려다

보고 있었던 것은 결코 훌륭한 저녁 하늘에 마음을 빼앗겨서가 아니었다. 그저 단순하게 당면한 현실에서 어딘가로 피하고 싶었던 것뿐이었다.

물론 외면한다고 해서 상황이 바뀌는 것은 아니기 때문에 다시금 천천히 고개를 돌렸고, 그리 대단하지 않은 지금의 현실로 되돌아왔다. 대단하지도 않은 현실이라는 것은 바로 탁자에 산처럼 쌓인 카르테와 대합실을 가득 채우고 있는 수많은 환자들이었다.

"오늘 저녁도 당직 잘 부탁해요, 구리하라 선생님."

진찰실에 얼굴을 내밀고 말을 건넨 사람은 응급실의 부부장인 도무라 간호사였다. 옆에서 지켜보고 있던 베테랑 간호사인 도무라는 녹초가 된 얼굴을 하고 서 있는 이치토에게 쓴웃음을 보내왔다.

"아직 당직이 시작되기도 전인데 벌써 얼굴색이 너무 안 좋은 것 아니에요?"

"곧 당직이 시작될 거라 얼굴색이 안 좋은 거라고 생각합니다."

이치토의 변변찮은 빈정거림을 산뜻하게 무시하듯 어김없이 사이렌 소리가 들려왔다.

대기실 쪽으로 뒤를 돌아본 도무라 부부장이 "어디에서

온 구급차인지 확인해봐!"라고 외치는 것을 들은 이치토는 가볍게 이마에 손을 올린 채 말했다.

"어디에서 오는지를 확인하지 않으면 안 된다는 뜻은 다른 구급차가 또 오고 있다는 뜻이겠네요."

"길게 말 안 하게 해주니 고맙네요. 지금 현재는 시가 마을하고 호타카에서 한 대씩 오기로 되어 있어요. 오늘 밤도 '환자를 끌어당기는 구리하라'는 호황인가 보네요."

"환자를 끌어당기는…… 구리하라?"

"몰랐어요? 구리하라 이치토가 당직으로 들어오는 날에는 환자가 1.5배가 되는 징크스."

이치토가 얼굴을 찌푸렸다.

"저는 아직 혼자서는 아무것도 못하는 일개 레지던트입니다만……."

"레지던트든 베테랑 의사든 간에 환자가 늘어난 건 사실이니까 어쩔 수 없잖아요. 근무 4개월차에 그런 매력적인 징크스를 만들어낸 선생님한테 모두 감탄하고 있으니까."

"그런데 말이에요." 그녀는 카르테를 정리하며 덧붙였다. "야간 근무를 하는 간호사들은 그저 감탄만 하고 있을 수 없어요. 생사가 달린 중대한 문제니까 말이에요."

바로 그 레지던트에게도 충분히 사활이 걸린 문제였지만 그녀는 그 부분은 고려하지 않는 것 같다.

"호타카에서 오는 거래요. 교통사고 쪽 구급차요."

핫라인을 붙들고 있는 간호사가 뒤돌아보면서 말했다.

"25세. 남성. 2분 뒤 들어옵니다."

도무라 부부장은 카르테를 내려놓았고, 이치토는 탁자에 내팽개쳐둔 청진기를 집어 들었다.

"어떻게 할 거예요? 오늘 지도 의사 선생님, 이타가키 선생님인데 지금부터 불러요?"

"방금 전에 부장 선생님이 '내가 레지던트였을 때는 3개월차부터 혼자 진료했다고'라고 하시더라고요."

"열심히 해보라는 뜻이네요."

어깨를 움츠린 도무라 부부장에게 이치토가 일어나며 대답했다.

"환자의 상태가 위험해질 것 같으면 제 허가 따위는 받지 않으셔도 좋으니 곧바로 부장 선생님을 불러주세요."

"물론이죠."

"덕분에 의지가 됩니다."

이치토는 곧바로 응급실 입구로 발걸음을 옮겼다.

구리하라 이치토는 1년차 레지던트이다.

근무하는 혼조병원은 마쓰모토역에서 그리 멀지 않은 곳에 자리하고 있으며, 병상 숫자만 300개가 넘는 종합병원이다. 일반 진료에서부터 응급 의료까지 폭넓게 소화하고 있는 이 지역 최고 규모의 병원이라고 할 수 있다.

시나노대학 의학부를 졸업한 이치토가 대학병원이 아닌 혼조병원으로 취직한 것은 별다른 뜻이 있어서는 아니었다. 그저 마쓰모토라는 마을을 좋아한다는 이유와 24시간 365일 환자를 떠맡고 있는 병원이라는 조금은 무모하다 싶은 이념에 이끌렸기 때문이었다.

물론 그 높은 이념은 이상을 뒷받침할 수 있을 만큼의 심상치 않은 노력에 의해 성립되는 것이다. 레지던트가 되었다고 하는 것은 결국 그 노력의 순서가 이치토에게 돌아왔다는 것을 의미하기도 했다.

내리쬐는 태양빛도 또렷하고 산뜻한 8월의 여름이다.

이치토는 레지던트라는 새로운 직함을 밑천으로 놀라움과 곤혹스러움과 긴장감이 넘치는, 그야말로 눈이 돌아갈 듯한 하루하루를 보내고 있었다.

"역시 말이야……."

이치토의 바로 앞을 앞장서서 걸어가고 있던 당당한 체구의 지도 의사는 어깨 너머의 이치토를 돌아보며 입을 열었다.

"구리 짱, 부적이라도 쓰고 오는 편이 낫지 않겠어?"

혼조병원의 내과 부장이면서, 이치토의 지도 의사이기도 한 이타가키였다. 커다란 배를 꿀렁거리며 털털한 웃음소리를 퍼뜨리는 모습 때문에 이치토는 아무도 모르게 '왕너구리 선생님'이라는 이름을 붙였다.

왕너구리 선생님은 어쩐 일인지 녹초가 된 얼굴로 쨍쨍한 아침 해를 향해 눈을 찌푸리면서 병동 복도를 걸어가고 있었다.

"결국 아침까지 한숨도 못 잤잖아."

"혼조병원의 당직이라는 건 원래 그런 거라고 생각하고 있었습니다만……."

왕너구리 선생님은 "아 그런가?"라며 이해를 했다는 듯이 팡 하고 가볍게 배를 두드렸다.

이른 아침. 아직 사람의 발길이 드문 병원 복도에 묘하게 기분 좋은 그 소리가 울렸다.

"환자를 끌어들이는 구리 짱, 아마 자네는 매일 당기고만 있으니까 모를 거야. 조금 더 편한 밤도 있긴 하다고."

"죄송합니다. 선생님께는 늘 민폐를 끼치고 있습니다."

"뭐야. 그렇게 착실하게 사과를 해버리는 녀석이 어디 있냐. 사무장도 얼마 전에는 웬일인지 기분 좋은 얼굴을 하고 있더라고. 구리 짱이 당직을 서는 날 밤에는 검진 환자가 늘어서 수입도 오르니까."

"그렇다면 당직이 없는 날도 몰래 응급실에 나와 있을까요? 밤 근무를 하는 간호사들에게는 틀림없이 원한을 사겠지만요."

이치토가 최선을 다해 뱉은 개그에 왕너구리 선생님은 커다란 배를 흔들며 웃어주었다.

이른 아침, 그런 시시한 대화를 주고받으며 병동 회진을 하는 것이 이치토와 왕너구리 선생님의 일과이다.

두 사람이 회진하는 곳은 소화기내과 병동인 서쪽 3병동이지만 소화기내과라고 해도 그 분야만 진찰하고 있는 것은 아니다. 고령사회에는 환자 대부분이 노인들이며 거의 폐렴과 심장 기능 상실을 앓고 있다. 그런 환자는 노쇠하여 계속 누워만 있고, 설령 그렇지 않더라도 치매에 걸린 경우가 많기 때문에 대화 자체가 제대로 이루어지지 않는 경우가 흔하다.

이치토가 처음으로 내과 병동을 회진했을 때, 움직일 수 있는 환자의 수를 세어보았고 곧바로 그 숫자에 경악을 금치 못했다.

"여전히 여기는 제대로 이야기가 통하는 환자가 없는 것 같단 말이지."

병동을 걸어가면서 왕너구리 선생님은 눈치 없는 말을 중얼중얼 뱉어내고 있었다.

"뭐 외과 병동에 가보면 조금 더 인간다운 인간이 있긴 한데 말이야, 내과 병동이라는 데는 이런 세상인 거야."

단어 하나하나가 위험한 발언인지라 이치토는 어떤 대답을 해야 좋을지 망설이고 있었다. 하지만 너구리 부장의 말이 전부 사실이기는 했다. 아무리 듣기 좋은 말로 이 상황을 넘긴다 한들, 그저 힘없이 누워 있는 환자들이 갑자기 일어나 걸을 리도 만무했다.

손발이 구축(拘縮, 반복되지 않는 자극에 의하여 근육이 지속적으로 오그라든 상태 - 옮긴이)되어 천장을 올려다본 상태로 옴짝달싹 못하고 누워 있고, 코에는 호스가 삽입된 채로 조용히 호흡만 하고 있는 환자들의 모습을 인간의 모습이라고 말하는 것은 좀처럼 쉽지 않은 문제였다.

"안녕하세요. 이타가키 선생님, 구리하라 선생님."

물론 회진 중에 이렇게 밝은 목소리를 들려주는 환자도

있기는 했다.

총담관결석으로 입원 중인 다카야마 니헤이 씨이다. 85세라는 고령의 나이에도 혼자서 살고 있다는 이 환자는, 이미 내시경 치료를 통해 결석을 제거했으니 며칠 후면 퇴원할 예정이다.

"다카야마 씨가 퇴원하면 또 대화할 수 있는 사람이 줄어버리네."

"그렇다면 선생님, 조금 더 입원해 있을까요? 여기에 있으면 삼시 세끼를 다 먹고 낮잠까지 잘 수 있으니 편하기도 하고……."

"걱정하지 않아도 어차피 저세상으로 가기 전엔 다시 이곳을 들를 겁니다. 건강할 때는 퇴원을 해야지."

진찰을 하고 있는 이치토의 앞에서 그런 쓸데없는 대화가 오가고 있었다. 지금까지 쌓아온 경험과 신뢰를 바탕으로 할 수 있는 대화일 터이다. 이치토가 이렇게 여유 넘치는 대화를 할 수 있을 정도가 되려면 아직 산처럼 쌓여 있는 과제들을 모두 헤쳐나가야 할 것이다.

"부럽네. 퇴원이에요?"

옆자리의 침대에서 말을 건넨 사람은 구니에다 마사히코 씨. 72세의 남자이다.

지난밤 당직 근무 때 구토 증상으로 응급실에 와서 진찰을 받았고, 증세가 개선될 때까지는 입원한 상태로 경과를 지켜보기로 한 환자이다.

"어떠세요, 구니에다 씨? 배 상태는요?"

이치토의 목소리에 구니에다 씨는 온화하게 웃으며 고개를 끄덕였다.

"완전히 좋아졌어요. 왜 토를 한 건지 잘 알 수도 없을 정도로 말이죠."

나이에 걸맞게 하얀 머리카락이 섞여 있고 눈가에는 깊은 주름이 패어 있었지만, 눈언저리만은 밝게 빛나고 있었다. 어딘지 학자 느낌이 나는 신사다운 사람이었다.

"뭐 잘못 주워 먹기라고 한 것 아니오?"

왕너구리 선생님은 또다시 심한 말을 하고 있지만 그는 도리어 유쾌하게 웃으며 말했다.

"요즘 들어 일이 바빠서요. 계속 도쿄를 왔다 갔다 했거든요."

"피곤이 쌓인 거예요?"

"아니, 어쩌면 인간 세상의 독기에 중독되어버린 걸지도 모르겠네요."

매력적인 대답이 돌아왔다.

"뭐, 당장이라도 퇴원할 수 있을 것 같긴 하지만 위내시경 검사 정도는 해보실래요, 구니에다 씨? 궤양이라도 생겨 있으면 큰일이니까."

왕너구리 선생님이 툭 하고 이치토의 어깨를 두드리며 말했다.

"구리하라 선생이 해줄 겁니다. 꼼꼼하게 잘 봐줄 거니까 걱정할 필요 없습니다."

갑작스러운 말에 놀란 이치토는 살짝 눈이 커졌다.

왕너구리 선생님 밑에서 연수를 받게 된 지 이제 4개월. 위내시경 검진을 지켜보거나 모형을 통한 트레이닝은 질리도록 해왔던 그이지만 실제로 환자에게 검사를 행해본 적은 없었다. 물론 어떤 일이든 '처음'은 존재할 수밖에 없지만 그렇다고는 해도 너무 불시에 찾아왔다.

하지만 왕너구리 선생님은 늘 그래왔듯이 유쾌하게 웃는 얼굴만을 보인 채, 전혀 아랑곳하지 않고 있었다.

"정맥 마취라는 게 있는데, 자고 있는 동안 끝나니까 아주 편합니다. 아무 일도 없으면 내일 퇴원하는 걸로 하죠."

"그래요? 그럼 구리하라 선생님, 잘 부탁드려요."

구니에다 씨는 정중하게 머리를 숙였다.

이치토는 최대한 평정심을 유지한 채로 "네" 하고 대답했다.

레지던트 생활은 변함없이 곤혹스럽고 긴장감이 넘쳤다.

'의사는 무엇이든 알고 있다는 듯이 행동하는 것이 가장 중요하다.'

그런 충동적이면서도 지극히 마땅한 말을 한 사람은, 독일의 작가인 '한스 카로사(Hans Carossa)'이다.

그가 그렇게 충동적이면서도 마땅한 말을 한 것은, 그 말이 의료 현장에서는 모종의 진리를 꼬집은 말이며, 카로사라는 인물 자신도 항간에는 근엄하다고 알려진 의사였기 때문일 것이다.

"『젊은 의사의 날』이네요? 닥터는 또 깊이가 있는 책을 읽고 있군요."

하숙집 난로에서 물을 끓이고 있던 이치토는 부드러운 목소리에 뒤를 돌아보았다.

은테 안경을 쓴 시원스러운 모습의 청년이 부엌의 탁자에 놓인 이치토의 책을 엿보고 있었다.

"닥터는 나쓰메 소세키의 책만 읽는다고 생각했는데 역시 폭이 넓군요. 요즘에도 카로사 책을 읽는 사람이 있다니, 카로사를 알고 있는 사람도 많지 않을걸요."

"그런 학사님이야말로 학식이 넓은 사람이네."

"저는 니체 전문이니까요. 카로사는 니체와 동시대의 인물이거든요."

널따란 부엌에 편안한 목소리가 울리고 있었다.

이 청년은 하숙집인 '온타케소'에 살고 있는 '들국화방'의 주인이며 학사님으로 불린다. 시나노대학에서 철학을 전공하고 있는 대학원생이기 때문에 이곳에서는 그렇게 부르고 있다.

온타케소는 마쓰모토성과 인접한 한적한 주택가에 있는 일본식의 낡은 가옥이다. 원래는 여관으로 운영하던 건물이었는데 비교적 많은 방이 있다는 것과 넓은 부엌을 가지고 있다는 점을 잘 활용하여 지금은 하숙집으로 이용되고 있다. 이치토도 이곳 '벚꽃방'의 주인이다.

심야 2시에 집으로 돌아온 이치토는 부엌에서 커피를 끓이다가 이렇게 학사님과 얼굴을 마주하게 된 것이다.

"마시겠어?" 하고 묻는 이치토에게 학사님은 "그럼, 감사히……"라며 대답했다.

이치토는 커피 잔을 한 개 더 꺼내어 탁자 위에 놓았다.

"오늘 온타케소는 조용하군. 남작과 전무는 어떻게 된 거야?"

"남작은 저기 있을걸요."

학사님은 목소리를 조금 낮추더니 옆 거실 쪽으로 눈을 돌렸다.

위스키 병이 올려져 있는 낮은 상 옆에 큰대자로 뻗어 기분 좋게 자고 있는 남작이 보였다. '도라지방'의 주인이며 자칭 화가라고 하는 남작, 어디까지나 자칭일 뿐, 이치토도 그가 그림을 그리는 모습은 한 번도 보지 못했다. 세상의 그 무엇보다 스카치를 좋아하기 때문에 거실을 차지한 채, 늘 취해 쓰러져 있다.

"닥터와 술잔을 주고받을 거라면서 기다리고 있었는데, 혼자서 계속 마시더니 저렇게 쓰러져버렸어요. 전무는 방금 전까지도 깨어 있었는데……."

"아직 깨어 있거든요."

갑작스러운 목소리에 두 사람은 뒤를 돌아보았다.

부스스하게 뻗친 머리에 트레이닝복 차림을 한 여자는 머리를 긁으며 부엌으로 들어오고 있었다. 학사님이 가볍게 어깨를 움츠리며 말했다.

"미안해요, 전무. 시끄러웠어요?"

"별로 신경 안 써요. 난 원래 어디에서든 잘 수 있는 사람이니까."

하품을 물어 죽일 듯 하고는 털썩하고 의자에 앉아 신기하다는 듯이 이치토의 책을 쳐다보고 있었다.

"또 어려워 보이는 책을 읽고 있네요."

"특별히 난해한 척하는 책은 아니야. 전무도 읽어보고 싶다면 언제든 빌려줄 수 있는데."

"괜찮아요."

"커피는 어떻게 할래?"

"마실래요."

이치토는 조용히 세 번째 컵을 꺼냈다.

전무가 살고 있는 '동백나무방'은 현관에서 들어가자마자 제일 가까운 방이기도 하고 부엌의 맞은편이어서 소리가 제일 잘 들리는 곳이다. 사람에 따라서는 불면증에 걸릴 수도 있는 환경이지만 이 여자는 그런 부분에는 전혀 신경을 쓰고 있지 않았다. 그저 기분이 내킬 때만 밖을 나와보는 타입이었다.

덧붙이자면 그녀는 시가지의 금융기관에서 일하는 직장인이며 전무도 무엇도 아닌 그냥 1년차 신입사원이다.

그런데 그런 호칭으로 불리는 이유는, 그녀가 지금 다니고 있는 회사의 전무에게 한눈에 반해 무슨 말만 나오면 '전무 이야기'를 하기 때문에 남작이 붙인 별명이었다. 한

편으로는 조금 심한 별명이기는 하지만 그렇게 불리고 있는 당사자는 그다지 개의치 않고 있었다. 개의치 않을 뿐만 아니라 "전무님을 떠올릴 수 있어서 더 행복해요"라고 대답하는 완강한 정신력을 가졌다.

"정말이지 닥터는 대단하네요. 매일 이런 시간까지 일이라니."

"회진을 하고 카르테를 적고, 교과서를 펼쳐보면 늘 이런 시간이 되더라고. 레지던트가 하는 일의 90퍼센트는 허세와 허풍이라고들 하는데, 허세 이외의 부분을 조금 더 키우고 싶어서 말이야."

"그렇게 일을 하고 왔는데 이제부터 다시 커피를 마시고 책을 읽으려고 하다니……. 그러니까 다들 닥터를 보고 이상한 사람이라고 하는 거예요."

사회 초년생다운 배려심 하나 없는 그 말을 듣고 오히려 아직 학생인 학사님이 씁쓸하게 웃고 있었다.

"잠을 자면 몸은 쉴 수 있겠지만 마음의 피곤함은 떼어낼 수 없어. 인간은 톱니바퀴가 아니니까."

"꽤나 피곤하신 모양이에요, 몸과 마음이."

학사님의 다정한 목소리에 이치토는 가볍게 어깨를 움츠렸다.

"매일같이 의료의 신께서 '이건 어떠냐!' 하며 사랑의 채찍을 휘둘러주니까 말이야. 슬슬 신께서도 건초염으로 손이 아파지는 건 아닐까 걱정이 되기 시작한다고."

학사님과 전무가 동시에 나지막하게 키득거렸다.

이치토는 침묵한 채로 세 명분의 커피를 내리고 있었다. 천천히 채워지는 검은 액체를 응시하면서 그의 머릿속에는 오늘 점심에 시행했던 의사 인생 최초의 위내시경 검사가 떠올랐다.

커튼이 쳐진 어둑어둑한 내시경실이었다.

진정제가 투여되고 구니에다 씨가 잠든 것이 확인된 시점에서 왕너구리 선생님의 신호에 따라 이치토는 내시경 카메라를 삽입했다.

구강 안으로 들어가 제일 처음 맞닥뜨리는 난관인 목구멍도 매끈히 통과했고 그 후 식도로 들어갔다.

처음 하는 검사치고는 훌륭한 출발이었고 보조하고 있는 간호사도 "역시 잘하네요"라며 솔직한 감상을 흘렸지만 옆에 있는 왕너구리 선생님은 아무 말도 없었다. 왕너구리 선생님도 내시경을 할 때만큼은 평소와는 다른 진지한 태도와 긴장감으로 무장하고 있었다.

식도 부분에서 규정된 몇 장의 사진을 찍고 식도 위 접합부를 지나 위에 도달했다. 검사는 신속하고 원활하게 이루어졌다. 이치토는 희미하게 안도감을 느끼며 위장의 구석으로 천천히 들어갔고, 그 시점에 돌연 움직임을 멈추었다.

갑자기 모니터상에 검붉은 혈액이 부착된, 커다랗게 파인 공간이 보였기 때문이었다. 물론 모형으로는 본 적이 없는 광경이었다.

"역시 구리 짱답다. 처음 하는 위내시경 검사인데 이렇게 갑작스러운 증상에 맞닥뜨리는구나."

이치토의 긴장감과는 정반대되게 왕너구리 선생님의 목소리는 어디까지나 평온하기만 했다.

"진단은?"

잠시 움직임을 멈추고 있던 이치토는 당황한 채 사진을 찍으면서 대답했다.

"위궤양입니다."

"바보구나, 구리 짱은."

왕너구리 선생님이 손을 뻗어 이치토의 손에서 카메라를 빼어들었다.

"위암이야."

그렇게 고하는 지도 의사의 어깨가 평소보다 한 단계 더 크게 보이기 시작했다.

이 또한 의료라는 신께서 지휘한 것이라면, 신은 참으로 가혹한 존재였다.

이치토는 커피 잔을 손에 들고 탄식했다.

구니에다 씨는 이미 수술을 염두에 두고 CT 등의 전신 검사를 진행할 예정이다. 검사 계획을 세우는 것도, 환자에게 검사 과정을 설명하는 일도 이치토에게는 아직 익숙하지 않은 일이다. 그렇기 때문에 하나하나의 지시에도 아직은 망설여지게 된다. 지금 이 시기는 왕너구리 선생님의 비웃음을 사거나 아니면 혼나거나, 혹은 조롱을 당하는 일이 계속 이어지는 한창때인 것이다.

카로사의 말처럼 '무엇이든 알고 있는 것처럼 행동하는 것'이 좋다지만 그런 여유는 지금 상황에선 눈곱만큼도 존재하지 않았다.

"엇, 어느새 다 모여 있었네."

갑자기 굵은 목소리가 들려왔고 모두가 거실 쪽을 쳐다보았다.

고풍스러운 파이프 담배를 문 연령 미상의 남자가 히죽

히죽 웃으며 서 있었다. 물론 그림 그리는 남작이었다.

"좋은 꿈이라도 꾼 겁니까, 남작?"

이치토의 말에 남작은 마치 지금까지 자고 있었던 사람이 아닌 것처럼 태연하게 웃으며 대답했다.

"미녀들과 맛있는 술에 둘러싸여 있는 극락과도 같은 꿈이긴 했지만 모처럼 내 벗이 돌아왔으니 그럴 땐 전부 다 버리고 급히 꿈에서 빠져나오는 것, 그것이 바로 나의 신념이다."

그러고는 "어때?" 하며 양주병을 들어 올렸다.

"맥더프 30년산. 요즘은 대단히 손에 넣기 힘든 일품의 술이라네."

전무가 곧바로 질린 얼굴을 했다.

"요즘 돈 없다고 하지 않았어요, 남작?"

"양주 살 돈을 빼고 나면 돈이 없다는 뜻이지. 전무도 한 잔할래?"

"두 손 두 발 다 들었네요. 전 커피 마시고 잘래요."

커피를 마시고 잠을 잔다고 하는 앞뒤가 안 맞는 말을 하고 있기는 하지만, 모순이라면 산처럼 쌓여 있는 곳이 바로 이곳 온타케소이기도 하다. 하나하나 지적하는 그런 특이한 사람은 없었다.

"저도 이번 주 안에 완성해야만 하는 논문이 있어서요."

그렇게 말하고 학사님도 일어났다.

이치토는 잠시 침묵을 지키고 있었지만 곧바로 남작에게 의자를 권하며 대답했다.

"한잔만 마셔볼까나."

남작이 가볍게 눈을 찌푸리고는 씽긋 웃었다.

"그렇지. 그래야지."

심야의 온타케소에 기분 좋은 스카치의 향이 퍼졌다.

"이거…… 아주 심각한 상태네요."

내과의 부부장인 나이토 선생이 중얼거리듯 말했다.

언뜻 보면 너무 말라서 안색도 나쁘고 영 의지가 안 되는 인상이지만 왕너구리 선생님의 오른팔로서 오랫동안 혼조병원을 지탱해온 내과의 기둥 중 한 사람이다. 왕너구리 선생님과는 대조적인 인상이어서 이치토는 제멋대로 '늙은 여우 선생님'이라는 별명을 붙였다.

그 늙은 여우 선생님이 얼굴을 찡그리면서 벽 쪽 스크린에 비친 복부 CT의 화상을 보고 있었다.

아침 7시 반, 서쪽 3병동의 회의실에는 이치토 이외에도 스크린을 보고 있는 늙은 여우 선생님이 있고, 그 바로 옆에는 팔짱을 끼고 있는 왕너구리 선생님, 그리고 뒷자리에는 두세 명의 병동 간호사들 모습도 보인다. 매주 수요일 아침, 주된 스태프들이 한자리에 모이면 소화기내과의 회의가 열린다.

왕너구리 선생님이 눈으로 지시를 내리자 이치토는 프레젠테이션을 시작했다.

"환자는 구니에다 마사히코 씨. 72세의 남성입니다. 3일 전에 구토 증세로 입원했습니다."

"3일 전이면 온 지 얼마 안 됐는데……."

늙은 여우 선생님이 나지막하게 한숨을 쉬었다.

"위 전정부, 4분의 3 지점. 3형의 위암입니다(염증의 소재에 따라 전정부 우위 위염, 전체 위염, 체부 우위 위염의 3형으로 분류한다 - 옮긴이). 지금 보여드리는 것은 어제 실시한 CT 화상입니다."

이치토가 화상을 보여주는 사이에 늙은 여우 선생님이 "심각한 상태네요"라고 한 번 더 되풀이했다.

왕너구리 선생님이 입을 열었다.

"다발성 간 전이, 림프절 전이, 일부는 후복막 침전부터 오른쪽에는 물콩팥증(콩팥에 오줌이 모여 붓는 병 - 옮긴이)까지 진행되어 있어. 꽤나 몹쓸 암이야. 치료를 기대할 수 있는 상태가 아니군."

"그래도……." 간호사 한 명이 조금은 놀란 듯 말했다. "구니에다 씨는 정말로 건강해 보이시고 입원 후에는 구토하는 일도 없었던 데다 식사도 잘하고 계신데……."

"진행이 빠르니까 병증이 속도를 따라가지 못하고 있는 것이겠지. 언제까지 버틸 수 있을지가 문제다."

목소리는 담담했지만 구니에다 씨가 갖고 있는 병증의 심각함은 그대로 전해지고 있었다.

이치토는 조용히 얼굴을 찌푸렸다.

언뜻 보면 건강해 보이는 구니에다 씨에게 이치토가 처음으로 실시한 위내시경을 통해 위암이 발견되었다. 그것만으로도 충분히 충격을 받았는데 추가적으로 실행한 CT에서는 더욱 심각한 현실에 부딪혀버렸다.

"구리 짱, 어떻게 치료할 거야?"

갑작스러운 왕너구리 선생님의 질문에 이치토는 허리를 펴고 곧장 대답했다.

"위의 병변은 방치하면 출혈이나 폐색을 불러올 수 있습니다. 암을 전부 수술로 떼어내는 것은 어렵겠지만 위 부분의 병변만이라도 절제한 후에 항암제 치료를 시작하는 것이 안전하다고 생각합니다."

"그걸로는 대답이 안 되는데?"

왕너구리 선생님의 담백한 말에 회의실에 조용한 긴장감이 찾아왔다.

"이론적으로는 나쁘지 않아. 그렇지만 이 환자는 광범위한 후복막 침전부터 우측에는 물콩팥증까지 진행되어 있어. 곧 왼쪽도 그렇게 될 가능성이 높지. 그러면 어떻게 되겠어?"

"신부전……." 이치토는 중얼거리다가 다시 얼굴을 찌푸렸다. "항암제가 듣지 않게 된다, 라는 말씀이신가요?"

"그렇다. 위를 잘라내고 나서 안심하고 있는 사이에 신부전증이 와버리면 그걸로 끝이다."

"처음부터 항암제로 치료해야겠군요."

늙은 여우 선생님은 CT를 응시한 채, 그렇게 덧붙였다.

이치토는 당황한 상태로 대답했다.

"그렇다면 즉각 항암제 치료 계획을 세우겠습니다. 빠른 시일 내로……."

"치료 계획보다도 더 중요한 것이 있잖아?"

왕너구리 선생님이 이치토의 말을 막았다. 당황하는 이치토에게 왕너구리 선생님의 날카로운 시선이 날아왔다.

"환자에게 증세를 설명하는 것이 먼저다."

중대한 일이었다. 거기에 증세는 증세대로 간단하지 않은 문제였다. 왕너구리 선생님은 팔짱을 낀 채, 굵은 목소리로 말을 이었다.

"구리 짱이 설명해."

"제가요?"

이치토가 당황한 것은 암 환자에게 병 상태를 설명하는 것 또한 아직 경험이 없었기 때문이었다. 왕너구리 선생님의 IC는 몇 번이고 보아왔지만 실제로 하는 건 이야기가 또 다르다. 무엇보다 구니에다 씨에게 해야 하는 설명은 꽤나 힘든 일이 될 것이다.

"네가 스스로 발견한 암이다. 의사로서 책임을 갖고 빈틈없이 고삐를 잡도록 해."

지도 의사의 조용한 말에 이치토는 그저 끄덕거리기만 할 뿐이었다.

무슨 일이든 언제나 처음은 있다.

특별하게 위내시경이나 IC에만 국한된 것이 아니다. 채혈부터 초음파 검사에 이르기까지 의사가 된 이상은 몇 년 사이에 '처음'이라는 행동을 반복하게 된다. 물론 그 처음에 걸리게 되는 환자의 입장을 생각해보면 미안한 이야기이기도 하지만 처음을 넘기지 않으면 그다음은 없을 테니, 그 순간만큼은 어찌할 수가 없다.

구니에다라는 인물은 좀처럼 보기 드문 관용과 냉정함을 가진 인물이었다.

이치토는 위암이라는 병명에 이어서 다발성으로 전이가 진행 중이며 수술로는 치료할 수 있는 상태가 아니라는 사실을, 더듬거리면서도 열심히 설명했다. 그런 이치토를 향해 구니에다 씨는 그저 온화하게 끄덕거리면서 오히려 의사인 이치토를 걱정해주는 태도까지 보여주었다.

옆에는 부인이 시종일관 입을 다문 채 구부정한 자세로 지켜보고 있었다. 구니에다 씨처럼 흰 머리카락이 섞여 있고 어딘가에 기품이 느껴지는 여인이었다. 부인은 태연한 태도의 남편과는 달리 눈가에 눈물이 맺혀 있었고 동요하고 있는 듯했지만, 결국 마지막까지 그 눈물을 떨구지는 않았다.

한심한 이야기이기는 하지만 30분 이상이 걸린 긴 설명이 끝난 시점에 누구보다도 피로함을 느끼고 있던 사람은 이치토 자신이었을지도 모른다.

긴 이야기는 끝났고 왕너구리 선생님이 일어나 나갔다. 이치토도 스태프 대기실에 돌아와 설명한 내용을 카르테에 적어 넣었다. 기재를 끝낸 시각은 밤 10시가 지난 한밤중이었다.

"수고하셨어요, 구리하라 선생님."

다정한 목소리와 함께 툭 하고 탁자 위에 커피가 든 머그잔이 놓였다. 얼굴을 들어 올린 이치토 앞에 서 있는 사람은 조금은 걱정되는 얼굴로 서 있는 병동의 간호사였다.

일하기 시작한 지 4개월밖에 안 된 이치토로서는 병동 간호사 전원의 이름을 파악할 수는 없었다. 하지만 눈앞에 있는 도자이 나오미라는 간호사의 이름은 기억하고 있었다. 그녀가 언제나 일을 척척 해내고 가끔은 적절한 조언도 해주는 든든한 존재이기 때문이었다.

"괜찮은 거예요? 꽤 피곤해 보이는데."

"벌써 시간이 이렇게 된 건가요……."

이치토는 중얼거리면서 손가락으로 가볍게 눈 주위를 문질렀다.

"죄송해요. 커피까지 주시고……."

"이타가키 선생님이 한잔 타서 갖다주라고 하시던데요. 아무것도 생각하고 있지 않은 것 같아도 의외로 다 보고 계신 분이니까요."

그녀가 미소를 지으며 말했다.

아무 말도 없이 깨끗이 돌아가버렸기 때문에 IC를 뚝 부러지게 하지 못했던 것에 대해 화내고 있다고만 생각했는데, 그런 게 아니었을지도 모른다.

"구니에다 씨, 흔들림이 없으시더라고요."

병실 쪽에 눈을 돌린 도자이의 말에 이치토는 깊게 끄덕거렸다.

"갑작스럽게 진행된 암에 대한 설명에도 저렇게 온화하게 있을 수 있다는 건 정말이지 절로 고개가 숙여집니다. 거기에다 제 요령 없는 설명에 불만 하나 말씀하시지 않더군요."

"구니에다 씨는 원래 고등학교에서 국어를 가르치던 선생님이셨대요."

도자이의 목소리에 이치토는 '역시 그랬구나' 하고 이해했다. 어쩐지 학자같이 정갈한 느낌의 용모, 빠른 이해력과 조용한 관록은 역시 선생님이라는 이미지와 확실히 어울렸다.

"바로 항암치료를 할 거예요?"

"저희 쪽은 그렇게 하고 싶은데 일단은 퇴원을 하고 싶다고 하세요. 내일 퇴원한 후에 다음 주에 다시 병원 외래로 상담을 올 예정입니다."

“꽤나 힘든 치료가 시작되겠네요.”

“힘들겠지만 극적으로 항암제가 잘 듣는 경우도 있습니다. 지금은 그걸 믿고 치료를 시작할 수밖에 없겠죠.”

이치토는 괜스레 더 힘 있게 말하고는 커피가 든 컵을 입에 가져갔다. 한입 마시고는 곧바로 눈이 동그래져버렸다.

도자이는 오히려 당황스러운 듯 고개를 갸웃거렸다.

“왜 그러세요?”

“아니, 너무 맛있네요. 이렇게 맛있는 커피는 난생처음입니다.”

이치토의 솔직한 대답에 도자이는 은근히 부끄러운 웃음을 띤 채 대답했다.

“그냥 인스턴트커피예요.”

“그냥 인스턴트로 이렇게 맛있는 커피를 만들 수 있는지 몰랐습니다.”

“그렇게 칭찬하지 마세요. 칭찬 받는 거에 익숙하지 않으니까. 시간이 있으면 또 만들어드릴게요.”

빙긋 웃으며 도자이는 몸을 돌렸다.

이치토는 곧바로 그녀의 뒷모습을 쳐다보며 또다시 컵에 입을 가져갔다.

8월은 신슈의 1년 중에서 가장 밝은 계절이다.

끈질기게 녹지 않고 남아 있던 북알프스 산맥의 눈들도 드디어 그 흔적을 감추었고, 푸른 하늘 주변에는 우람한 능선이 노골적으로 드러났다. 햇빛은 어디까지나 선명하게 빛을 비춰주어서 은은하게 색을 입기 시작한 논밭의 이삭들까지 눈이 부실 정도였다.

하지만 아무리 이 세상의 빛이 밝아져도 이치토의 마음은 맑게 갠 저 하늘과 같을 수 없었다.

"무슨 '이렇게 맛있는 커피는 난생처음입니다'야."

왕너구리 선생님이 이치토를 놀리는 목소리가 한밤의 병동에 울리고 있었다.

"구리 짱은 새초롬한 얼굴을 하고선 의외로 달콤한 말을 하네?"

전자 카르테를 쳐다보던 이치토는 찌릿 하고 지도 의사에게 눈을 돌렸다.

"어디에서 나온 얘깁니까, 선생님?"

"요기에서 나온 얘기지. 거기에다가 저기 맨날 무뚝뚝하던 도자이는 '시간이 있으면 또 만들어드릴게요'라고 대답했지? 이거 이거, 큰일이네, 구리 짱은."

팡팡 배를 두들기며 웃고 있는 지도 의사 옆에서 이치토는 이마에 손을 갖다 댔다.

"병원이라는 장소를 너무 쉽게 보는 거 아니야, 구리 짱? 독신인 의사가 간호사한테 대고 '커피가 맛있네요'라는 말을 해버리면, 그건 금방 병원 안에서 소문의 씨앗이 된다고."

"뭐가 소문의 씨앗이 된다는 거예요?"

갑작스러운 목소리에 돌아보니 하필이면 그 이야기의 주인공인 도자이가 커피 두 잔을 들고 서 있었다. 그녀의 눈가에 험악한 분위기가 감돌고 있었고, 순간 공기는 얼어붙었다.

"오? 도자이, 들었어?"

"들렸죠. 이제 커피 따위는 필요 없다는 얘기가 들린 것 같은데요?"

"아니, 아니, 구리 짱이랑 같이 도자이의 커피가 얼마나 맛있는지에 대해 얘기하고 있었다고. 그렇지, 구리 짱?"

'그렇지, 구리 짱'이라는 말도 안 되는 말에 입을 꾹 닫았으면서도, 레지던트라는 존재는 지도 의사의 편을 들 수밖에 없는 것이 이곳의 원칙임을 깨달은 이치토는 고개를 끄덕거릴 수밖에 없었다.

도자이는 "글쎄요"라며 차가운 눈초리를 보내면서 커피

가 든 머그잔을 탁자 위에 올려놓았다. 왕너구리 선생님은 곧바로 한입을 마시고 "확실히 맛이 좋네"라는 둥 가벼운 말을 뱉고 있었다.

"구니에다 씨의 이야기로 돌아와도 괜찮을까요?"

이치토의 목소리에 왕너구리 선생님은 겨우 웃음을 넣어두고 다시 레지던트에게 시선을 돌렸다.

구니에다 씨가 예약한 날짜에 외래에 오지 않았다. 그것이 현재의 이치토에게 해결되지 않은 최대의 문제였다.

지난 주 병동에서 IC를 실시했을 때, 본인의 희망에 따라 다음 날 퇴원했고, 그 후에는 외래에서 이치토가 진찰하기로 되어 있었다.

아직 레지던트이기 때문에 정해진 외래 진료의 틀이 잡혀 있을 리 없지만 왕너구리 선생님의 "구니에다 씨는 네가 진찰해"라는 한마디에 의해 이번 주, 내과 외래의 진찰실 한 개를 빌려 이치토가 진료할 예정이었다.

하지만 예약한 시간이 다 되었음에도 구니에다 씨와 부인은 모습을 보이지 않았다.

"집에 전화해봤어?"

"간호사가 연락해주었는데 집 전화는 연결되지 않았습니다."

"다른 가족은?"

"따님이 도쿄에 있다는 이야기는 듣긴 했습니다만 연락처까지는……."

"흠……."

왕너구리 선생님이 팔짱을 끼고 한숨을 쉬었다.

도자이도 걱정스러운 듯이 입을 열었다.

"무슨 일 있으신 거예요?"

"무슨 일이 일어날 수 있는 상태의 병이긴 하지만 부인이 곁에 있잖아. 문제가 있다면 곧바로 연락해주겠지."

"하다못해 교통사고가 났다고 하더라도 일단은 실려 오는 곳이 여기 혼조병원이니까 말이야."

왕너구리 선생님의 말은 조금 불길한 발언이기는 하지만 사실이기도 하다. 하지만 응급실에도 구니에다 씨는 오지 않았다.

"구리 짱이 봤을 때 뭔가 짚이는 것 없어?"

"짐작이 간다고까지 할 수는 없지만……." 고개를 살짝 갸웃거리며 이치토가 말을 이었다. "항암치료에 관한 얘기를 했을 때 일단은 바로 치료하는 것보다 조금 기다려주길 바란다는 말씀을 하셨는데 그게 좀 걸립니다. 치료를 미뤄야 할 만한 사정이 있을지도 모릅니다."

하지만 이치토의 그 정보만으로는 문제를 해결할 수 없었다.

"어느 쪽이든 간에 연락이 닿지 않는 것이면 어쩔 수 없겠네."

그렇다. 아무리 천하의 왕너구리 선생님이라고 한들 염력으로 환자를 찾아내 오게 할 수는 없는 것이었다.

이치토도 가볍게 한숨을 쉬었다.

"그런데 구니에다 씨의 집이 아마 바로 이쪽일걸요."

그의 한숨과 겹치듯 도자이가 꺼낸 말에 두 사람 모두 동시에 얼굴을 마주 보았다.

놀라는 두 사람에게 도자이가 다시 말했다.

"저번에 집 주소를 보았을 때 병원 바로 옆이네, 라고 생각했어요. 아마 병동 담화실에서 보면 보일 수도 있을 것 같은데……."

이치토와 왕너구리 선생님은 뜻밖의 이야기에 다시 한 번 얼굴을 마주 보았다.

혼조병원의 북쪽에는 낡은 주택가가 남아 있다.

원래부터 마쓰모토는 전쟁에서 불타 없어지는 일을 피한 마을이라 좁은 골목길이나 낡은 민가가 많이 남아 있다. 전철역 앞에서부터 후카시 신사에 이르는 일대는 지은 지 수십 년이 된 낡은 민가가 지금도 여전히 고풍스러운 색을 띠고 처마를 맞대고 늘어서 있다. 요즘에는 조금씩 개발의 손이 뻗쳐 있기는 하지만 아직도 차가 지나갈 수 없을 정도로 좁은 골목들이 여기저기 응집해 있다.

'구니에다'라는 문패가 달린 훌륭한 대문이 보이는 집은 그 동네의 한가운데에 있어서 의외로 쉽게 찾았다. 놀랍게도 평소에 이치토가 걸어서 출퇴근하는 길 중간에 있었다. 빈틈없이 잘 손질된 소나무가 머리 위로 뻗어 있고 정원의 징검돌과 이어진 현관은 치도리 파풍(지붕의 비탈에 마련한 작은 삼각형의 박공으로 장식과 통풍의 용도로 이용된다-옮긴이)을 곁들인 풍격 있는 집이었다. 민가라기보다는 저택이라는 느낌이 더 강했다.

밤 9시라는 시간에 집 안으로 들이닥치려던 것은 아니었다. 집으로 가는 도중에 있던 그 집을 보면서 그저 한 번 지나가보려고 생각했던 것뿐이었다. 그렇게 마침 지나가던 순간 집 안에서 불이 켜졌음을 깨닫고 이치토가 갑자기 발을 멈췄다.

앗, 하고 발을 멈추고 자기도 모르게 문 안쪽을 들여다보던 찰나, 정원 앞에 있던 툇마루 끝의 유리문이 드르륵 열렸다. 몸집이 작은 구니에다 부인이 세숫대야의 물을 정원에 뿌리고 있었다. 그리고 물을 다 뿌리고 고개를 든 시점에 대문간에 서 있던 이치토와 눈이 마주쳤다.

"아……" 하고 나지막하게 내뱉은 부인은 다시 "아니, 선생님" 하고 놀랄 만큼 또랑또랑한 목소리를 내며 미소짓고 있었다.

"선생님, 미안하게 됐습니다."

이치토를 마중 나온 구니에다 씨는 부인에게 지지 않을 정도로 건강해 보였다.

본의는 아니었지만 한밤중에, 그것도 갑작스럽게 집 앞에 나타난 이치토의 사양에도 구니에다 씨는 강인하게 그를 집 안으로 불렀고 그대로 서재로 안내한 것이었다.

"연락도 없이 죄송했습니다. 오늘은 급한 용무가 있어서 아침부터 밖에 나가 있었으니까……."

구니에다 씨는 미안한 얼굴로 검게 빛나는, 손때가 묻은 나무 의자를 권했다. 이치토가 잠시 멈칫한 것은 이런 불가사의한 흐름 때문만이 아니라 안내를 받고 따라 들어온 서재의 훌륭함 때문이었다.

사방의 벽 여기저기에는 두꺼운 장정의 책들이 산처럼

쌓여 있었는데 그야말로 책으로 만들어진 '책 벽'이었다. 소세키나 오가이는 물론이며 도스토예프스키부터 발자크, 스타인벡 등의 세계적인 작품들이 당당히 책등을 보이며 벽을 채우고 있었다. 이치토는 새삼스럽게 국어 선생님이었다는 도자이의 말을 다시 한 번 떠올렸다.

"굉장한 책들을 갖고 계시네요……."

"이것도 일부예요. 그러고 보니 구리하라 선생님은 나쓰메 소세키를 좋아한다고 했죠?"

"어떻게 알고 계세요?"

당황하는 이치토에게 구니에다 씨는 빙긋이 웃음을 보였다.

"항상 하얀 가운 주머니에 소세키의 책을 넣고 다니는 이상한 선생님이라고 병동 간호사들이 말해줬어요."

또 이야기가 제멋대로 돌고 있는 것 같지만 지금은 간호사들이 만들어내는 소문에 변론을 붙일 때가 아니었다. 한밤중에 실례를 머금고 이곳까지 들어오게 된 이유는 물론 따로 이야기할 것이 있었기 때문이었다.

그런 이치토의 마음을 십분 이해하고 있다는 듯이 구니에다 씨는 살짝 표정을 고치고 입을 열었다.

"치료에 관해서 말인데요, 선생님."

그는 바로 말을 이어가지 않고 마침 부인이 가져온 차를 이치토에게 권했다. 그리고 그도 찻잔을 손에 들었다.

두꺼운 떡갈나무 책상 위에는 요즘에는 좀처럼 보기 힘든 가죽 표지로 만들어진 카뮈의 『페스트』가 펼쳐져 있었다. 그 옆에 찻잔을 올려놓고 구니에다 씨는 입을 열었다.

"어떻게든 치료를 해야만 하는 겁니까, 구리하라 선생님?"

"구니에다 씨……."

곤란한 얼굴을 하고 있는 이치토에게 곧바로 구니에다 씨가 말을 이었다.

"아니, 치료를 받지 않겠다는 의미가 아닙니다. 하지만 앞으로 1개월 정도 후부터 치료를 시작할 수 있는지 해서요……."

"이유를 알려주실 수 있을까요?"

이치토는 이유를 물을 수밖에 없었다. 지금 아무리 본인이 건강하다고 느낀다 하더라도 배 속에 있는 질병들은 이미 상당히 넓게 퍼져 있었다. 이제는 시간적인 여유도 없는 상태인 것이다.

구니에다 씨는 한 번 더 부인과 얼굴을 마주 보고 나서 조용하게 대답했다.

"딱 한 달 뒤에 딸의 결혼식이 있습니다."

처음 듣는 이야기였다.

"죄송합니다. 조금 더 빨리 전해드렸으면 좋았을 터인데, 저희도 놀라서 어찌할 바를 몰랐습니다. 오늘도 그 준비 때문에 집을 비웠던 거고요. 부인과 함께 힘을 내서 딸의 결혼식만큼은 어떻게 해서든 축복해주고 싶은 마음, 그뿐입니다."

"그건 당연한 것이긴 하지만요……."

생각지도 못한 전개에 당황하고 있는 이치토 옆에서 부인도 고개를 끄덕거리고 있었다. 하지만 '진심으로 축하드린다'고 박수를 치며 부추길 수만은 없었다.

"치료 시작이 늦어지게 되면 치료 자체가 되지 않을 가능성이 있습니다. 그런 상태에서 한 달이나 기다린다고 하는 것은……."

"하지만 치료를 시작한다면 부작용 때문에 움직이지 못할 수도 있는 거죠?"

"그건 물론입니다만……."

"그렇다면 저는 이대로 딸의 결혼식에 임하고 싶군요."

그는 단호하게, 그리고 시원스레 대답했다.

의료라고 하는 씨름판 위에서 이치토는 열심히 코치를

하고 지시를 내리고 있었지만 구니에다 씨는 처음부터 그 씨름판 바깥에 서 있었다. 이렇게 되면 이제 막 발을 내디딘 한낱 레지던트에 불과한 이치토로서는 어떠한 결정적인 수도 지을 수 없게 된 것이다.

"저희 두 사람에게는 꽤나 늦은 시기에 겨우 얻은 외동딸입니다. 무슨 일이 있어도 꼭 예쁘게 차려입은 딸아이의 모습을 같이 축하해주고 싶어요. 집사람도 제 선택에 대해 동의해주고 있습니다."

"따님분께는 병에 관해서 알리셨나요?"

겨우 되받아친 질문에 구니에다 씨는 아픈 곳을 찔린 듯한 얼굴을 하고 있었다.

곧바로 이치토는 말을 붙였다.

"모르는 겁니까?"

"모처럼 생긴 집안의 경사입니다. 결혼식 전까지는 알리고 싶지 않습니다."

그렇다면, 이라고 말을 뱉은 이치토는 잠시 얼굴을 찌푸렸다.

"치료가 되지 않을 수도 있는데 그런 중대한 결단을 하면서 따님께서는 아무것도 모른 채 지내야 한다는 말씀이시네요?"

"뭐, 그렇게 되겠네요."

구니에다 씨는 어쩐지 겸연쩍은 얼굴을 하고 있었지만 말투는 어디까지나 평온하기만 했다.

병에 걸린 환자는 그저 평온한데, 병에 걸리지 않은 이치토가 오히려 험상궂은 얼굴을 하고 있는 묘한 상황이었다.

"제멋대로라는 건 저도 잘 알고 있습니다. 하지만 이 나이까지 살아보니 말이죠, 지금 제게 제일 중요한 것이 무언지 순서를 정해봤더니 그게 그렇게 바뀌더군요."

"잘 부탁드립니다."

부인까지 입을 모았다.

예상치도 못하게 두 사람이 연락도 없이 외래에 오지 않았던 것은 이치토의 완강한 반대를 회피하기 위한 부부의 계산적인 행동이 아니었을까 생각되었다. 칠십을 넘긴 부부이다. 인생의 경험은 이치토에 비할 수도 없었다.

이치토는 한숨을 쉬면서 끈질기게 물고 늘어졌다.

"한 번 더 말씀드리겠습니다만, 한 달이 지나면 치료가 불가능할 수도 있습니다."

"알고 있습니다."

"그것만이 아니라, 한 달 후에는 건강하게 결혼식에 참석하는 것조차 불가능할 수 있습니다."

"그 부분도 잘 알고 있습니다. 최선인 선택지가 없는 이상 차선을 선택할 수밖에 없다고 생각한 겁니다."

그러면, 하고 말한 후 잠깐의 침묵이 흘렀다. 이치토는 깊은 한숨을 내뱉었다.

"어떻게든 일주일에 한 번이라도 제가 있는 외래에 통원하셔서 위장약이라도 반드시 드시도록 해주세요. 그리고 치료를 받을 수 있는 시기가 된다면 곧바로 화학요법을 시작하겠습니다."

그의 말에 구니에다 씨는 기쁜 듯이 미소를 짓고 크게 끄덕거렸다. 그때까지 서재에 떠돌고 있던 긴장감이 한순간에 풀어졌다.

"선생님은 특이한 사람이네요. 이런 늙은이들이 사는 집까지 일부러 찾아와주고. '지금 순간에도 많은 환자들이 병에 걸려 힘들어하고 있는데 어째서 나 한 명을 상대해주는지요.'"

"톨스토이입니까?"

"오!"

구니에다 씨는 좀 놀란 표정이었고 어쩐지 즐거워 보였다. 그리고 그의 모습과 상관없이 이치토는 바로 대답했다.

"저의 환자이기 때문입니다."

"……?"

"왜 상대하느냐고 물어보셨잖아요. 그것은 구니에다 씨가 제 환자이기 때문입니다. 대답으로 부족한가요?"

구니에다 씨는 눈을 가늘게 뜨고 곧이어 천천히 머리를 숙였다.

"충분합니다. 아무래도 선생님께는 꽤나 걱정을 끼친 것 같군요. 미안합니다."

구니에다 씨의 옆에 있던 부인도 다시 정중하게 머리를 숙였다. 그렇게 주 1회만을 지켜봐야 하는 통원 진료가 시작되었다.

레지던트인 이치토의 아침은 6시의 기상부터 시작된다.

벚꽃방의 이불에서 빠져나온 이치토는 곧바로 옷을 갈아입고 칫솔을 문 채로 밖으로 나왔다. 2층의 제일 안쪽에 있는 방에서 어렴풋하게 밝아지기 시작한 복도를 걸어 1층의 부엌으로 향했다.

"안녕하세요, 닥터."

시원시원한 목소리는 온타케소의 누구보다 일찍 일어나는 학사님이다. 가스 불에 물을 끓이면서도 양손으로는 책을 펼친 채 열심히 읽고 있다.

"안녕, 학사님."

칫솔을 문 상태로 창밖을 올려다보니 늦여름의 하늘은 구름 한 점 없이 맑게 개어 있었다.

"오늘도 좋은 날씨일 것 같네요."

"날은 맑은데 마음이 맑지 못하네."

그의 중얼거림에 학사님은 쓴웃음을 지었다.

"오늘도 변함없이 의료의 신께서 채찍을 휘두르고 있는 겁니까?"

"응. 너무 심해."

이치토는 대답한 후 거실로 향했다. 거실의 제일 구석 천장 쪽에 신을 모시는 제단이 놓여 있다. 먼지 더미에 쌓여 존재조차 잊고 있던 것이었지만 얼마 전 이치토가 몇 시간에 걸쳐 닦아낸 끝에 지금은 적어도 겉모습만은 지난날의 위엄을 회복시켜놓았다.

낡은 제단을 향해 이치토는 손을 모았다.

"웬일이에요? 닥터가 신에게 의지를 하고 있다니."

"모처럼 의사가 되었는데도 치료는 못 하고 기도밖에는 해줄 것이 없는 환자가 있어." 이치토는 한숨을 뱉으며 주방으로 돌아와 양치를 다시 시작했다. "앞으로 한 달, 신장이 계속 버텨주기만 하면 돼. 단지 그것만을 빌었으니 아무리 나쁜 신일지라도 이번만큼은 들어줄 거야."

학사님은 희한한 표정을 짓고 있기는 했지만 더 이상 많은 것을 묻지 않았다. 이 청년은 원래부터 세세한 것을 파고드는 성격이 아니다.

칫솔을 닦으며 입을 헹구고 감사한 마음으로 커피를 손에 들려고 한 이치토는 학사님이 거실의 제단을 향해 손을 모으고 있다는 것을 눈치챘다.

얼굴을 든 학사님이 빙긋 웃었다.

"무언가를 해드릴 수는 없지만 어차피 기도를 올려야 한다면 한 사람보다는 두 사람이 올리는 편이 좋겠죠?"

"고마워. 나는 아무리 봐도 신과는 기도의 궁합이 안 맞는 것 같던데, 학사님이 함께해주니 마음이 조금은 든든해지네."

"응? 웬일이에요? 학사님이 기도를 다 하고."

목소리의 주인공은 동백나무방에서 나온 전무였다.

늘 그렇듯 트레이닝복 차림이었고 헝클어진 머리카락을 아무렇게나 긁어대며 졸린 얼굴로 쳐다보고 있었다.

"무슨 기도를 하는 거예요?"

"중요한 일은 아니야. 그것보다 좀 더 몸가짐을 단정하게 하는 편이 좋지 않겠어? 전무님께서 머리가 떡이 진 여자를 좋아하는 사람이라면 상관없겠지만."

"괜찮아요. 전무님 앞에서는 복장도 머리도 깨끗하게 하고 있으니까."

"그렇게 내숭을 떨어도 아는 사람들은 조금만 봐도 알아챈다니까요."

학사님의 명확한 지적에 전무는 '윽!' 하고 말문이 막힌 듯했지만 그래도 기세를 잃지 않았다.

"여자는 마음이에요. 반드시 전무님을 내 남자로 만들 테니까."

그렇게 평화로운 대화들이 이어졌고 이치토와 학사님은 어느새 서로 얼굴을 마주 보며 웃고 있었다.

이치토의 가장 큰 걱정거리는 구니에다 씨의 신부전이 어느 타이밍에 올 것인가였지만 그렇다고 그의 신장만을 걱정하고 있다 보면 다른 업무를 할 수 없다.

외래에서 왕너구리 선생님의 진찰을 곁에서 배우고 내시경실에서 구니에다 씨의 검사를 진행한 이후부터는 조금씩 다른 환자의 내시경도 맡게 되었다. 그리고 날이 저물면 당연히 당직의 시간이 돌아왔고 '환자를 끌어당기는 구리하라'는 오늘도 변함없이 성황리에 환자들을 끌어모

으고 있었다.

"진단은?"

새벽 2시. 응급 외래의 진찰실에 왕너구리 선생님의 목소리가 울려 퍼졌다.

"소화관 천공……. 어쩌면 대장의 천공일 수 있습니다."

수면 부족 때문에 하얗게 질린 얼굴로 대답한 이치토를 향해서 왕너구리 선생님도 하품을 했다. 하지만 그의 눈가에는 여유로운 웃음이 흘렀다.

"그렇군. 거기를 프리 에어(free air)라고 읽는 거다. 하지만 천공치고는 환자 본인이 가벼운 통증을 호소하고 있을 뿐 혈액 검사도 꽤 정상적이야."

왕너구리 선생님은 항상 웃는 얼굴을 하고 있기 때문에 오히려 표정을 읽을 수 없다.

이치토는 해야 할 말을 신중히 고르며 대답했다.

"지난달, 응급실에서 진찰했던 하부소화관 침공도 같은 소견이었습니다. 외과 선생님의 얘기로는 고령자라면 침공 직후 통증이 미미하게 느껴지거나 혈액 검사 수치가 정상처럼 보이는 예가 있다고 각별히 주의하라고 하셨습니다."

"그렇다면 천공일 경우 치료 방법은?"

"하부의 천공이라면 아무리 지금 건강하다고 해도 긴급

수술이 적용되어야 한다고…….”

이치토가 돌연 말을 멈춘 이유는 옆에 앉은 지도 의사가 재미있다는 표정으로 실실거리면서, 이치토를 쳐다보고 있는 것이 느껴졌기 때문이었다.

“저의 얼굴보다도 CT를 봐주시는 편이 좋다고 생각합니다만…….”

“충분해.”

한 번 크게 끄덕거린 왕너구리 선생님은 하얀 가운 주머니에서 캔 커피를 두 개 꺼내더니 하나를 이치토의 앞에 놓았다.

“연수가 시작되고 슬슬 반년이다. 이제는 어느 정도는 제대로 볼 수 있게 된 것 같구나.”

팡 하고 커다란 배를 두드리며 웃고 있었다.

왕너구리 선생님은 캔 커피의 뚜껑을 열며 “도무라 짱” 하고 진찰실 밖에 대고 소리쳤다. 곧바로 간호 부부장이 얼굴을 내밀었다.

“외과의 아마리한테 콜 좀 해줘.”

“수술입니까?”

“우리의 우수한 레지던트가 하부 천공의 진단을 내려주셨다.”

"공로가 크군요?"

도무라 씨는 이치토에게 미소를 보냈다.

아직은 병원의 난투극이 불편한 이치토에게 언제나 가감 없이 비평을 덧붙이는 도무라 부부장이지만 이럴 때는 솔직한 칭찬을 아끼지 않는다.

"저번엔 외과의 아마리 선생님한테도 칭찬을 받았고…… 꽤 활약하고 있네요, 구리하라 선생님."

"도무라, 여유 부리고 있을 때가 아니야. 환자는 지금 건강해 보일지 몰라도 때에 따라서 쇼크가 올 수도 있어. 적색 방으로 옮기고 모니터를 연결해놔."

알겠습니다, 하고 당황하며 뛰어나가는 도무라 씨를 바라보며 왕너구리 선생님은 크게 기지개를 켰다.

일단은 이 천공 환자로 오늘의 응급 환자는 끝났다.

'환자를 끌어당기는 구리하라'의 밤치고는 보기 드물게 감사한 상황이 왔다.

"구니에다 씨의 상태는 어때?"

캔 커피를 마시며 왕너구리 선생님이 물었다.

"따님의 결혼식까지 앞으로 2주, 지금 상황에서는 신장 기능을 포함해서 크게 변화는 없습니다. 식사도 섭취하고 있고 생각보다 몸 전체의 상태는 양호합니다."

"다행이네. 집에도 몇 번인가 갔다고 하던데?"

왕너구리 선생님의 말에 이치토는 망설이며 끄덕였다.

"제가 너무 찾아간 걸까요?"

그 질문에 왕너구리 선생님은 곧바로 대답하지 않았다.

구니에다 씨의 자택은 이치토의 출퇴근길 부근에 있다.

지금까지는 특별하게 의식하지 않았지만 그곳을 알아차리고 나서는 자연스럽게 그 훌륭한 저택이 시야에 들어오게 되었다. 가끔 퇴근을 빨리 하게 되는 날에는 현관 앞을 빗질하고 있는 부인과 종종 만나게 되었다. 될 수 있는 한 인사만 하고 떠나기는 하지만 서재에 불려 들어가서 차를 마시게 되는 날도 적지 않았다.

이치토는 그럴 때면 도서관에 와 있는 것처럼 훌륭한 서적들에 둘러싸인 채 한 잔의 차를 마시며 구니에다 씨의 깊이 있는 목소리에 귀를 기울였다. 결혼식 준비나 딸의 이야기, 그리고 자신이 가지고 있는 서적들에 관해서도.

원래 학교 선생님이었기 때문에 구니에다 씨는 말솜씨가 참 좋았고, 이치토는 서재를 갈 때마다 활력을 받는 기분이 들었다.

"뭐 어때? 좋잖아."

왕너구리 선생님이 팡 하고 배를 두드렸다.

"그런 방식도 어쩌면 레지던트의 특권이겠지. 네가 처음으로, 그리고 스스로 찾아낸 위암 환자잖아. 네 방식대로 하면 된다."

지도 의사의 목소리에서 이상하다 싶을 만큼 따뜻함이 느껴졌다. 응원하고 있는 것은 아니었다. 그렇다고 해서 밀어내고 있는 것도 아니었다. 하지만 그의 독특한 거리감에서 이치토는 확실하게 자기를 지켜봐주고 있다는 안도감을 느끼고 있었다.

도자이가 했던 말이 이치토의 마음에 스쳐 지나갔다.

'아무것도 생각하고 있지 않은 것 같아도 의외로 다 보고 계신 분이니까요.'

정말 그런 것일지도.

"뭐 이제 2주 정도를 잘 극복했다고는 하지만 그 뒤부터는 길고 긴 화학치료법이 기다리고 있어. 그렇게 밝은 미래가 기다리고 있는 건 아니지만 지금 생각한 대로만 하면 괜찮을 거야."

왕너구리 선생님의 말투는 온화했지만 말 자체는 변함없이 냉엄했다.

온몸에 전이된 위암이다. 남아 있는 몇 개의 관문을 전부 넘어 극복해나간다고 하더라도 유쾌한 결말이 기다리고 있는 것도 아니다. 말 그대로 '기적'이라도 일어나지 않는다면 도착점은 정해져 있다. 이치토의 마음이 술렁거리고 있는 것은 구니에다 씨의 온화한 옆모습에서 위암, 그리고 죽음이라는 연속성을 찾을 수 없기 때문이었다. 그걸로 정말 괜찮은 걸까? 둥둥 떠다니는 불안정한 마음이 항상 이치토의 발목을 붙잡고 있었다.

왕너구리 선생님이 갑자기 탁 하고 등을 쳤고, 이치토는 제정신이 들었다.

"외과의 아마리가 도착했다." 지도 의사의 태연한 미소가 보였다. "확실하게 프레젠테이션하고 오도록."

이치토는 인사를 하고 자리에서 일어났다.

9월에 들어서면 이른 아침의 신슈는 급격히 쌀쌀해진다.

아직 낮에는 충분히 여름을 느낄 수 있지만 해가 저물고 나면 기온이 내려가고 아침의 시원한 공기에서 가을의 기색을 물씬 느낄 수 있다.

민가의 울타리나 처마 끝을 지친 기색 하나 없이 물들이고 있던 능소화나 백일홍의 색채들은 점차 모습을 감추고, 길옆에는 코스모스가 피어나며, 화단에는 도라지꽃이 흔들거리게 된다.

도라지꽃은 이치토가 좋아하는 꽃 중 하나이다.

섬세한 종 모양의 꽃잎은 이파리를 닫고 있을 때는 얌전하게 똑 하고 합쳐져 있다가 펼치는 순간 갑자기 화려한 자태를 뽐낸다. 맑게 갠 가을 하늘처럼 깨끗하고 푸른빛이 신슈의 들판과 잘 어우러지고 있었다.

이치토가 온타케소의 부엌 창문에서 바로 옆집 정원에 핀 도라지꽃을 발견한 것은 9월이 된 직후였다. 꽃을 볼 수 없는 낡은 하숙집 생활에서 뜻밖의 수확이라며 이치토는 매일 아침 지극히 소소한 즐거움을 만끽하고 있었다.

"커피 드실래요?"

평소와 다르지 않은 학사님의 목소리에 이치토는 "그럼 감사히"라고 대답했다.

"또 안 주무신 거죠, 닥터? 한밤중에 호출 받은 거예요?"

"퇴원한 환자의 몸 상태가 안 좋아져서 응급으로 이송되었어."

칫솔을 문 채로 이치토는 어깨를 움츠린다.

"2시 즈음이었죠?"

"호출 받은 게 2시였고 집에 온 시간이 4시."

"거기에 6시에 기상이라니, 너무나도 가혹한 생활 패턴이네요."

이치토는 이미 이 생활이 일상처럼 익숙하기만 한데 오히려 학사님은 걱정스러운 눈으로 쳐다보고 있었다.

지난밤 총담관결석 치료를 하고 무사히 퇴원했던 다카야마 니헤이 씨가 발열과 호흡곤란으로 응급 외래에 실려 온 것이었다. 응급실에 있던 의사는 결석이 재발된 것이 아닌가 하여 이치토에게 연락해왔고 결과적으로는 폐렴과 심장 기능 상실이었다.

2개월 전에는 병동에서 농담을 날리던 다카야마 씨가 부은 얼굴로 산소마스크를 쓴 채, 의식도 없는 상태로 누워 있는 모습을 본 순간 이치토도 놀랄 수밖에 없었다.

85세라는 나이를 생각한다면 어쩔 수 없는 경과일지도 모르겠지만 이치토는 사람의 목숨이 그렇듯 쉽게 변할 수 있다는 사실을 다시 한 번 자각하게 되었다.

나중에 달려온 왕너구리 선생님은 다카야마 씨에게 말했다.

"내가 말했잖아. 저세상에 가기 전에는 반드시 이곳에 들른다고."

밤이 깊어질수록 같이 깊어지는 왕너구리 선생님의 농담에 이치토는 머쓱해져버렸지만, 불행인 건지 다행인 건지 의식이 낮아지고 있던 다카야마 씨의 귀에는 그 말이

들릴 리 없었다. 조금은 빨라진 심전도의 기계음과 가끔씩 생각난 듯 울어대는 호흡 저하의 알람음만이 조용한 병실의 공기를 흔들고 있을 뿐이었다.

갑자기 짝짝 하고 커다란 소리가 들려 이치토는 거실로 고개를 돌려보았다.

구석의 제단 밑에서 손을 모으고 있는 사람은 동백나무방의 전무였다. 오늘 아침은 트레이닝복 차림이 아닌 블라우스에 바지 차림이었다.

"안녕하세요. 닥터, 학사 씨."

"안녕, 전무."

이치토의 의아한 얼굴을 보고 전무가 오히려 이상하다는 표정으로 물었다.

"뭐예요? 트레이닝복을 안 입은 게 그렇게 희한한 일이에요? 닥터가 단정한 차림새를 하라고 했잖아요."

"차림새 때문이 아니야. 드디어 상사의 마음을 붙잡기 위해서 신한테까지 의지하게 된 건가 하고 어이가 없어진 것뿐이지."

"전무님 때문이 아니에요." 그녀는 보기 좋게 눈썹을 움직이더니 갑자기 울컥하고 화를 참는 듯했다. "기도하면 누군가의 신장이 좋아지는 거잖아요? 학사 씨한테 들어서 기도를 올린 거예요."

이번에는 이치토가 당황했다.

학사님은 어깨를 흔들며 키득거렸다.

"힘들어 보이는 닥터에게 해드릴 수 있는 것이 아무것도 없다고 말했더니 거실에 있는 제단에서 기도를 해주라고 하더라고요."

"그랬구나……"라며 끄덕거린 이치토는 제단을 올려다보다가 더욱 놀라고 말았다. 인사를 올리는 제단 옆에 놓인 작은 스카치 병을 보았기 때문이었다. 아직 개봉되지 않은 병이었다.

"남작이 올린 거예요."

학사님의 목소리에 전무의 목소리도 겹쳐졌다.

"비장의 남은 한 병이라고 말하긴 했는데, 그런데 신장에는 알코올이 별로 안 좋은 거 아니에요?"

"뭐, 환자가 마시는 것도 아니고, 신께서 대신 마시는 거니까 괜찮겠죠. 거기에 술 좋아하는 남작이 숨겨놓고 있을 정도로 귀한 물건이었으니까 분명히 쓸모가 있을 거예요."

어딘가 이해되지 않는 이야기가 오가고 있었다.

이치토는 두 사람의 대화를 들으며 잠시 동안 제단을 올려다본 채로 멈춰 서 있었다. 애당초 온타케소에 이사 왔을 때는 말도 안 되는 하숙집에 와버렸다는 생각에 꽤나 골치가 아프겠다고 느꼈던 그였다.

시종일관 술만 마시는 남작, 박식하지만 생활감이 전혀 없는 학사님, 회사의 전무 얘기만 늘어놓는 전무. 그런 기인 같고 이상한 사람들은 의대생 시절 '아리아케 기숙사'에서 충분히 익숙해져왔다고 생각했지만 이곳 온타케소는 그곳보다 심했으면 심했지 못하지는 않았다. 그 때문에 이 사람들과 관계가 깊어지기 전에 얼른 다른 곳으로 이사를 가야 하는 것인지 걱정하고 있었지만, 아마도 조금은 경박한 판단이었을지도 모른다.

이치토는 제단을 올려다본 채로 남몰래 쓴웃음을 짓고 있었다. 이 낡은 제단을 향해 이곳 주민들이 각자의 손을 모아주고 있었다. 문득 가슴속 깊은 곳이 무언가로 인해 따뜻해짐을 느꼈다.

왠지 오랜만에 웃어본 듯한 기분이 들었다.

"다카야마 씨, 많이 위험한 것 같군."

소등 시간이 지난 어둑어둑한 병실에 왕너구리 선생님의 목소리가 울리고 있다.

언제나 그렇듯 아침부터 외래와 병동, 내시경실을 뛰어

다니고 마지막 환자의 카르테를 기재하는 시간이다. 시각은 벌써 밤 11시였다.

“수고하셨습니다, 선생님.”

이치토는 의자를 회전시키며 지도 의사를 돌아보았다.

“이렇게 늦은 시간까지 감사드립니다. 괜찮으세요? 충분히 못 주무셨을 것 같은데…….”

“둘 다 마찬가지잖아. 나에겐 우수한 연수생이 딸려 있으니 적당히 쉬어가면서 하고 있긴 한데 말이야.”

임상뿐만이 아닌 사무 쪽과의 회의까지 연달아 있는 왕너구리 선생님이 쉬고 있다고는 생각지 않지만, 그것은 레지던트가 끼어들 일이 아니었다. 그저 침묵한 채 인사를 올리는 것밖에…….

“다카야마 씨 말인데 생각보다 심장 기능 상실이 더 빠르게 진행되고 있습니다. 이뇨제를 늘려도 소변량이 충분하지 않고 호흡도 불안정합니다. 불러도 반응이 없고요.”

“가족들은?”

“멀리 살고 있던 아들이 왔습니다. 방금 전에 도착했어요. 꽤 안 좋은 상황이라는 것도 얘기했습니다.”

괜찮겠지, 하고 끄덕거린 왕너구리 선생님은 대기실 바로 맞은편 병실인 300호실로 눈을 돌렸다.

중증 환자가 들어가는 그 병실에는 많은 양의 링거 주사가 걸려 있다. 산소마스크가 연결된 다카야마 씨는 가래 섞인 마른 호흡을 반복하고 있었다.

"구니에다 씨는 어떤가? 오늘이 구리 짱한테 외래 진료를 받으러 오는 날이었지?"

병실을 응시하고 있던 왕너구리 선생님이 다시 기운을 내듯 물었다.

"건강합니다. 조금 마르긴 했는데요, 퇴원하고 나서 한 번도 구토한 적도 없다고 하고, 통증도 두드러지지 않았습니다. 내일이 결혼식이라 오늘 오후에 급행열차를 타고 도쿄로 출발했습니다."

"그거 잘됐네. 가끔은 이런 얘기라도 듣지 않으면 기분이 우울해지니까 말이야." 그러곤 팡 하고 기분 좋게 배를 두드렸다. "그 악성 암을 상대로 여기까지 버텨온 거야. 구리 짱의 마음이 통해서 신께서 기적을 하나 일으켜준 걸지도."

팡팡! 유쾌하게 배를 두드리던 왕너구리 선생님의 손이 갑작스레 딱 멈추었다. 이치토가 모니터 위로 그날 실행한 구니에다 씨의 혈액 검사 결과를 표시한 것이다. 가볍게 눈을 찌푸린 왕너구리 선생님은 한순간 침묵했다가 입을 열었다.

"신부전인가……."

이치토는 조용히 끄덕였다.

지난주까지 빈혈 외에는 비교적 양호한 수치를 유지하던 화면에는 어느새 빨간 숫자들이 줄지어 적혀 있었다.

"아직 칼륨은 오르지 않았군. 그렇지만 염려하던 시기가 왔다는 건가?"

이치토는 한 번 더 끄덕였다.

머릿속에는 오늘 아침 외래로 왔던 구니에다 씨의 얼굴이 떠올랐다.

한눈에 보았을 때, 커다란 변화는 보이지 않았지만 어느 정도 볼살이 빠져 있었고 흰 머리카락도 늘어 있었다. 그럼에도 눈가에는 밝은 빛이 있었으며, 화면상으로 보이는 빨갛고 불길한 수치와는 기이할 정도로 대조적인 모습이었다.

"요관 스텐트(좁아진 요관에 스텐트를 넣어 소변이 흐르는 통로를 확보하는 시술-옮긴이)에 관해 검토해봤는가?"

"단순한 CT 화면을 추가하여 비뇨기과에 조언을 구했지만 협착 부위가 너무 길어서 성공률이 낮다는 대답이 돌아왔습니다. 무엇보다 스텐트를 유치하여 출혈이나 발열을 일으킨다면 입원이 필요하다는 말도 있었고요."

즉 내일 결혼식에 참석할 수 없게 된다는 말이다.

"신께서는 기적을 별로 안 좋아하나 보군."

"집에 있는 제단에서 기도를 올리긴 했습니다만 다음부터는 교회 쪽으로 옮겨봐야겠습니다."

이치토가 간신히 신에게 뱉어버린 비아냥거림이 덧없이 대기실 안에서 사라져갔다. 동동거리며 발 빠르게 지나가는 밤 근무 간호사들의 뒷모습이 보였다.

"구니에다 씨 본인에게는 일러주고 출발시킨 건가?"

"아니요, 말하지 않았습니다."

이치토의 대답에 왕너구리 선생님은 그저 눈썹 하나조차 움직이지 않았다.

"그럴 것 같았다."

"구니에다 씨는 자신의 병을 딸에게 말하지 않았습니다. 저도 한 가지 정도는 숨긴다고 하더라도 벌을 받지는 않을 겁니다."

될 수 있는 한 침착한 어조로 대답할 작정이었으나 실제로 새어나온 이치토의 목소리는 꽤나 의지가 되지 않았다.

왕너구리 선생님도 잠시 동안 아무것도 대답하지 않은 채 천장을 올려다보고 있었다.

"틀린 판단일까요?"

"구리 짱이 한 방식이 올바른지 틀린 것인지는 나도 모르지."

어디에선가 희미하게 간호사 호출 벨이 울렸고, 또다시 파닥거리며 간호사들이 뛰어가고 있었다.

"그렇지만 말이야." 왕너구리 선생님은 다카야마 씨가 누워 있는 병실 쪽을 응시한 채 말을 이었다. "내가 구리 짱의 입장이었어도 아마 같은 선택을 했을 거야."

그리고 왕너구리 선생님은 "아이고" 소리를 내며 일어났다.

"전부 혼자서 떠맡으려고 하지 마. 레지던트와 지도 의사는 일련탁생(一蓮托生, 잘잘못에도 끝까지 행동과 운명을 같이한다-옮긴이)인 것이야. 구리 짱의 판단이 틀렸다고 생각했을 땐 거침없이 후려쳐줄 테니까."

그의 목소리가 멀어져갔다.

완전히 목소리도, 모습도 보이지 않게 되었을 때 겨우 이치토는 커다란 한숨을 내뱉고 일어서서 지도 의사가 사라져간 복도를 향해 깊게 머리를 숙였다.

9월 초순의 마쓰모토역, 오후 4시 50분 도착인 아즈사

특급 급행열차에서 사람 한 명이 들것에 실려 나와 구급차로 혼조병원에 이송되는 소동이 있었다.

승차 시에는 본인의 다리로 걸어 들어갔던 승객이 열차 안에서 잠든 후 일어나지 못했던 것이다.

바짝 붙어 있던 부인이 불러보아도 반응이 없음을 눈치챈 것은 한 정거장 전인 시오지리역을 지났을 때였다. 슬슬 내려야 한다고 말을 걸어보았지만 전혀 일어날 기색 없이 그저 깊은 소리로 코를 골며 잠들어 있을 뿐이었다. 주변 승객들도 크게 놀라 당황했지만 부인이 생각보다 침착하게 행동했기에 한순간의 소란은 그렇게 큰일이 되지 않은 채 사그라졌다.

그리고 마쓰모토역에 도착 후, 기다리고 있던 구급차를 타고 즉각 혼조병원으로 이송되었다.

"정말 죄송할 따름입니다."

"많이 핼쑥해지셨군요."

이치토는 머리를 숙이는 부인을 향해 탄식했다.

계속 구니에다 씨만을 지켜보고 있던 탓에 눈치채지 못했지만 부인도 새하얀 머리카락이 늘어나 있었다. 부인의 옆 침대에는 볼살이 모두 빠져버린 구니에다 씨가 의식도 없이 잠에 빠져 있었다.

"신부전이 진행되었고 요독증(콩팥의 기능 장애로 몸 안의 노폐물이 오줌으로 빠져나오지 못하고 핏속에 들어가 중독을 일으키는 병 - 옮긴이)에 의한 혼수상태에 빠져 있습니다. 투석을 통해서 일단은 혈액을 정화하고 있지만, 위암 때문에 몸 전체가 악화된 것은 부정할 수 없습니다. 의식이 돌아올 가능성도 없지는 않습니다만……." 이치토는 한 번 말을 멈추었다가 다시 이어나갔다. "아주 심각한 상태라고 판단됩니다."

이치토의 설명에도 부인은 그저 귀를 기울일 뿐 잠자코 있었다.

링거 주사와 산소마스크, 투석기까지 연결된 구니에다 씨가 들어간 병실은 중환자실로 사용 중인 대기실 앞 300호실. 이상하게도 다카야마 씨 옆자리였다.

바로 지난달까지 밝게 웃는 목소리로 대화를 나누던 두 사람 사이에 지금은 그저 불쾌한 전자음과 가래가 섞인 호흡 소리만이 차 있을 뿐이었다.

"선생님 덕분에 무사히 결혼식에 참석할 수 있었습니다. 감사드립니다."

머지않아 돌아온 부인의 대답은 신기하리만큼 밝은 기운을 갖고 있었다.

"정말로 완고한 사람이라……." 쓴웃음을 지으며 부인은 말을 이어나갔다. "온화하게 보이긴 해도 절대로 자기에게만큼은 양보를 못 해요. 그러니까 이걸로 되었다고 생각해요. 이 방법 말고는 다른 방도가 없었습니다. 제멋대로였던 그이의 부탁을 들어주신 선생님들께 감사할 따름입니다."

이치토는 대답할 말이 없었다.

옆에 서 있던 왕너구리 선생님이 입을 열었다.

"따님은 오셨습니까? 이런 상황에서는 만에 하나라도 급격하게 변화가 올 수 있습니다."

"딸은 오지 않습니다."

이치토와 왕너구리 선생님이 동시에 얼굴을 찌푸렸다.

부인은 평온한 웃음을 띠고 말했다.

"딸에게는 아버지에게 비밀로 하기로 약속하고 결혼식 전에 모든 걸 말했습니다. 딸도 분명히 아빠의 얼굴을 본다면 확실하게 평소와는 다른 것을 눈치챘을 테니까요. 그래도 아버지가 목숨을 걸고서라도 그렇게까지 거짓말을 하려고 든다면 딸도 아버지가 원하는 대로 속아주겠다고 말하더군요."

마지막 목소리가 떨리고 있었다. 동시에 그녀의 뺨에 한 줄기의 무언가가 흐르고 있었다.

"남편은 행복한 사람이었다고 생각해요. 당신이 하고 싶은 대로 하면서 살았고 딸의 결혼식도 보았고요. 마지막엔 구리하라 선생님 같은 좋은 분과 시간을 보낼 수도 있었으니까요."

당황해하는 이치토를 부인의 밝은 눈이 맞이해주었다.

"저희 부부에게는 아들이 없었어요. 남편은 아마도 구리하라 선생님을 아들처럼 생각한 것 같아요. 선생님이 집에 찾아와주던 날을 굉장히 기다렸거든요. 날이 저물면 장난스럽게 저에게 현관 앞을 청소시키며 귀가하는 선생님을 찾아봐주지 않겠느냐는 말을 했었어요."

이른 시간에도, 늦은 시간에도 부자연스러울 정도로 부인과 마주하는 기회가 많았던 것을 이치토는 지금에 와서야 떠올렸다.

"분명히 선생님과 좀 더 많은 이야기를 하고 싶었을 거예요. 하지만 이제 그런 걸 바라는 건 사치겠지요?"

꺼내 든 손수건을 눈가에 가져다 대면서 부인은 꾸벅 머리를 숙였다.

감사했습니다, 라며 이어지는 목소리에 바로 등 뒤에 있던 간호사가 당황하며 눈물을 닦고 인사하는 모습이 보였다.

갑자기 찻잔을 한 손에 들고 부인 옆에서 웃고 있던 구니에다 씨의 모습이 선명하게 떠올랐다.

구니에다 씨는 하늘을 우러러보듯 벽 쪽의 책장을 응시하고 있었다. 어딘가 자랑스러워하는 것 같은 그의 옆모습이 잠깐 동안 이치토의 뇌리에 떠올라 지워지지 않았다.

"책은 참 좋은 물건이죠, 선생님."

그것은 구니에다 씨의 말버릇이었다.

차를 마시면서, 넓은 서재를 가득 채우고 있는 책을 응시하며 중얼거리는 그의 모습은 고상한 멋을 띠고 있었다.

그런 모습에 빨려 들어간 것인지 생각지도 못하게 이치토도 대답한 말이 있었다.

"확실히 책은 좋은 물건이지만 중요한 때일수록 좀처럼 도움이 되지 않더라고요. 구니에다 씨처럼 치료 시기를 늦춰야만 하는 환자가 있을 땐 어떻게 하면 좋을지……. 그런데 저의 애장서인 『풀베개』에조차 그 대답은 쓰여 있지 않았습니다."

약간의 비아냥을 담아 말한 이치토에게 구니에다 씨는 의외로 진정성 있는 목소리로 대답해주었다.

"선생님, 책은 말이에요. '올바른 정답'이 적혀 있는 것이 아니에요. 책이 알려주는 것은 조금 다른 것이죠." 그의 타고난 깊은 목소리가 이어졌다. "사람은 일생에 한 번의 인생밖에 살 수가 없습니다. 하지만 책은 또 다른 인생이 있다는 것을 우리에게 알려주지요. 많은 소설을 읽으면 많은 인생을 겪을 수 있어요. 그렇게 되면 많은 사람들의 마음도 알게 되는 거예요."

"많은 사람들의 마음요?"

이치토의 물음에 구니에다 씨는 어딘지 즐거워 보였다. 천천히 끄덕거리는 모습은 교편을 잡았던 교사 그 자체의 모습이었다.

"곤란한 상황에 처한 사람의 이야기, 화가 난 사람의 이야기, 슬퍼하는 사람의 이야기, 기뻐하는 사람의 이야기, 그런 여러 가지 이야기를 읽죠. 그러면 조금씩이라도 그런 사람들의 기분을 알 수 있게 되는 거죠."

"알게 되면 좋은 점이 있나요?"

"다정한 사람이 될 수 있죠."

예상 밖의 대답에 이치토는 상대방을 다시 쳐다보았다.

핏기가 옅은, 빈말로라도 얼굴색이 좋다고 말해줄 수 없는 구니에다 씨. 그는 그럼에도 꽤나 즐거워하며 이치토에게 미소를 보내고 있었다.

책꽂이에 줄지어 꽂혀 있는 한 권 한 권의 책들이 병을 앓고 있는 교사와 아직은 어린 학생의 대화에 집중하며 조금의 움직임도 없이 귀를 기울여 들어주고 있었다.

"하지만 요즘 세상은 다정하다는 것이 좋은 것만이라곤 할 수 없습니다."

"그건, 다정하다는 것과 약한 것을 혼동하고 있기 때문이에요. 다정함은 약함이 아닙니다. 상대가 무엇을 생각하고 있는지를 생각하는 힘을 '다정함'이라고 하는 겁니다."

조용한 목소리는 조용한 서재의 책 틈새로 스며들며 번져갔다. 그의 옆얼굴에는 전등 불빛으로 짙은 그림자가 드리워져 얼핏 보면 서양의 종교화에 그려져 있는 성인의 초상과도 같은 엄숙함이 보였다.

"다정함이란 상상력을 말하는 겁니다."

따뜻한 그의 목소리에 이치토는 그저 아무 말 없이 귀를 기울이고 있었다. 많은 말을 전하려고 그를 찾아간 것이 하나의 답이었던 건가…….

잠깐의 침묵이 이어졌고 구니에다 씨는 책장을 응시한 채로 혼잣말처럼 중얼거렸다.

"당신은 참 다정한 사람이야. 그렇기에 더욱 나의 제멋대로인 부탁을 들어준 것이겠지."

그는 그대로 잠시, 조금의 움직임도 없이 책등의 무리를 보고 있었지만 머지않아 제정신을 차린 듯이 이치토에게 시선을 돌리고 온화하게 미소를 지어주었다.

"하지만 다정한 사람은 고생을 하죠."

선생님은 아마도 고생깨나 할 사람이야, 라고 말하곤 웃어버린 그의 목소리가 계속해서 이치토의 귓가 어딘가에 울리고 있었다.

링거 주사, 항생제, 승압제에 지속적인 투석.

산소를 지시하고 발열 시 혹은 혈압 저하 시의 지시 등을 입력하고 나면 아무리 중증 환자라 하더라도 현재로선 해야 할 일이 없다.

저녁 무렵, 구니에다 씨가 실려 오고 나서 어느새 몇 시간이 지났지만 해가 저문 병동에서 망연하게 천장을 올려다보고 있던 이치토는 아직도 허탈감에 빠져 있었다.

도자이가 방금 전 커피 한 잔을 가져다주었지만 거기에는 손도 대지 않았다. 커피는 그대로 방치된 상태로 탁자 위에 놓여 있을 뿐이었다.

300호실에서는 여러 번 알람이 울렸고 가래를 흡입하거나 투석 장치의 폐색 때문에 간호사의 출입도 잦았다. 바로 방금 전에는 늙은 여우 선생님이 늘 그렇듯 창백한 얼굴로 병동 안쪽을 발 빠르게 지나갔다. 아마 다른 곳에도 중증의 환자가 들어와 있는 것 같았다.

"어떤 상태인 거야, 구리 짱?"

갑작스럽게 들린 목소리는 볼 것도 없이 왕너구리 선생님의 목소리였다. 밤중의 회의도 겨우 끝이 났나 보다.

옆의 의자에 앉은 왕너구리 선생님의 모습은 평상시와 다를 바 없이 당당한 모습이었다. 그의 볼에는 태연한 웃음기마저 피어올라 있었다. 그의 변함없는 모습이 이치토에게는 오늘따라 너무나도 멀게 느껴진다.

"혈압은 지금 현재로는 오르지 않고 있습니다. 승압제로 지속은 시키고 있지만 아직 어느 쪽으로 쓰러져버릴지 알 수 없는 상태여서……."

"환자 말고 구리 짱 상태 말이야."

"엥?"

스스로 생각해도 얼빠진 목소리가 나왔다.

"환자의 치료라면 할 수 있는 건 전부 하고 있잖아. 지금에 와서 확인할 것도 없어. 걱정되는 건 환자의 혈압보다 너무 성실한 레지던트 쪽이다."

예상치 못한 말에 이치토는 두 번 정도 눈을 깜빡였다.

"네가 그렇게 맛있다고 했던 도자이의 커피를 내팽개쳐 두고 망연하게 앉아 있다니, 걱정되지 않겠나."

"괜찮습니다."

"정말로 상태가 안 좋은 녀석은 대체로 그렇게 말하더라고."

이치토는 아무렇게나 손을 뻗은 후, 커피가 든 잔을 잡았고 그대로 단숨에 전부 마셔버렸다.

"한잔하러 갈까, 구리 짱?"

갑작스러운 제안이었다.

"이 시간에요?"

"이 시간이니까 가자는 거지. 수면 부족으로 비실비실한 얼굴을 하고선 병동에 그렇게 앉아 있을 거라면, 차라리 술 한잔 걸친 후 푹 자고 일어나 내일을 대비하는 것이 바로 우리가 해야 할 일이다."

"하지만……."

왕너구리 선생님은 이치토의 어깨에 손을 올리더니 말을 가로챘다.

"가끔씩은 지도 의사다운 것 좀 하게 해달라는 뜻이다."

왕너구리 선생님의 커다란 손이 한 번 더 힘 있게 이치토의 어깨를 두드렸다.

규베에.

가게 이름이 적힌 작은 사각 종이의 등불이 매달린, 풍류가 느껴지는 가게였다.

나와테 거리에서 그리 멀지 않은 작은 길 위에 있었지만 사람들의 흐름과는 떨어져 있어서인지 길목에는 사람의 그림자가 거의 보이지 않았다.

이치토 자신도 들어가본 적이 없는 길이었다.

중후한 나무문을 잡아당겨 들어간 가게 안은 전체적으로 불을 약하게 켜놓은 경향이 있었지만 결코 어두운 분위기는 아니었다. 그 적당한 밝기는 나무로 만들어진 청결한 공간에 아련한 음영을 새겨 넣고 있었다.

카운터 자리 외에도 작은 다다미방에 객석 몇 개가 마련되어 있는 아담한 가게였고, 안에는 손님 몇몇이 보였다.

"여기 와본 적 있는가?"

"처음입니다."

"그렇지? 찾아오기 어려운 곳에 있는 가게라."

씽긋 웃으며 왕너구리 선생님이 자리에 앉았다.

손님은 카운터 중앙에 앉은 중년의 부부, 입구 쪽 구석

자리에 앉은 여자 한 명. 그뿐이었다.

구석에서 나온 근육질의 마스터가 왕너구리 선생님의 얼굴을 보고 가볍게 눈썹을 찡긋거렸다.

“오랜만이시네요. 1년 만인가요?”

“생선회랑 튀김. 그리고 술. 알아서 잘 부탁해.”

제멋대로인 그 주문에 마스터는 투박한 미소와 함께 끄덕거려주었다.

“선생님은 자주 오셨던 곳이에요?”

“옛날에는, 그런데 가게 안이 전면 금연이 되어버리고 나서는 못 오게 됐지.”

마치 들으라는 듯이 내뱉는 왕너구리 선생님의 목소리에 마스터는 전혀 동요하지 않았다.

“오늘도 금연입니다. 특별대우 같은 건 없어요.”

“저거 봐, 융통성이 없어. 좋은 가게인데 아까워.”

과장되게 어깨를 움츠리면서도 마스터와 주고받는 말을 즐기고 있었다. 두꺼운 팔뚝으로 이치토의 등을 퉁 하고 치며 마스터에게 말했다.

“나 제자가 생겼어. 이제 가끔씩 올 수도 있으니까 잘 좀 대해줘.”

“감사할 뿐이죠.”

우락부락한 마스터의 언행은 퉁명함 속에 나름대로의 친숙함이 느껴지기도 했다.

"요즘 손님도 줄어서 슬슬 문을 닫아야 하나 생각하고 있을 정도니까요. 꼭 단골이 되어주시길 바랍니다."

"말했잖아. 가게 내 금연을 그만두면 되는 것을."

"'아키지카(가을 사슴이라는 뜻의 술 - 옮긴이)'입니다. 조금 이르기는 하지만 가을에만 나오는 좋은 술이 들어와서 말이에요."

마스터는 왕너구리 선생님의 말을 시원하게 잘라버리고는 술을 건네주었다. 배려와 겸손, 제멋대로의 혹은 무시 등이 절묘하게 섞인 마스터의 행동에는 빈틈이 없었다.

곧바로 술을 마시니 미세한 거품이 있는 그 일본주는 입가에서부터 목구멍까지 기분 좋게 퍼지며 금세 취기를 느끼게 해주었다.

"맛있지?"

"이거 위험하네요. 금방 취할 것 같은데요."

"안 취했을 때는 할 수 있는 행동에 한계가 있잖아. 취했을 정도가 딱 알맞은 거야."

앞뒤가 맞지 않는 그 말이 왠지는 모르겠지만 이상하리만큼 따뜻함이 느껴져 몸속 깊이 퍼져갔다.

두 사람이 시원스레 한 잔을 비워내니 어느새인지도 모르게 다음 잔을 따라놓았다.

"갓 짜낸 생 '시나노쓰루'입니다."

마스터의 목소리와 함께 술병이 내려왔다.

이것 또한 견고한 단맛을 느끼게 해주다가 끝 맛은 상쾌함이 느껴지는 훌륭한 술이었다. 술 맛도, 마스터의 행동도 시원시원하고 빈틈이 없었다. 이치토는 '좋은 가게구나'라는 생각을 하며 카운터에 놓인 술병을 응시한 채 꾸밈없는 탄식을 뱉었다.

"구니에다 씨는 저를 보고 다정한 사람이라고 말씀해주셨어요."

갑자기 꺼낸 이치토의 발언에 왕너구리 선생님은 잔을 한 손에 쥔 채 태연하게 젓가락을 움직이며 조용히 그의 말을 들어주고 있었다.

"하지만 다정한 인간이라고 해서 반드시 올바른 판단을 내린다고는 할 수 없습니다. 정말 그걸로 괜찮은 건가…… 좀 더 나은 선택지가 있었던 것은 아닐까, 그런 생각들만 계속하고 있습니다."

여전히 왕너구리 선생님은 대답이 없었다.

그저 천천히 술을 마시고 기분 좋게 시메사바(고등어 초

절임-옮긴이)를 입안에 넣고 있었다. 잠시 씹으며 또다시 한 잔을 마시더니 왕너구리 선생님이 갑자기 입을 열었다.

"인간에게는 말이야. '신의 카르테'라는 것이 있어."

갑작스러운 그의 말에 이치토는 얼굴을 들어 올렸다.

"네?"

농담이라고 생각했지만 왕너구리 선생님은 어디까지나 진지하기만 했다.

"신이 각각의 인간에게 적어놓은 카르테가 있어. 우리 의사는 신이 적은 카르테 위에 덧쓰고 있는 존재일 뿐이라는 거야."

대답도 못 하고 있는 이치토에게 왕너구리 선생님은 다시 조용히 말을 이었다.

"사람이라는 건 생명이 붙어 있는 한 어떻게든 살아가지. 죽을 땐 죽어버리는 거고. 구리 짱이 아무리 그렇게 착실하게 머리를 쥐어짜내어 생각을 했다고 해도 구니에다 씨의 인생이 크게 바뀌는 것은 없어. 구니에다 씨에게는 구니에다 씨를 위해서 신이 적어놓은 카르테가 원래부터 존재했던 거야. 그걸 바꿔 적는 것은 인간의 영역이 아니야."

"……하지만 너무 무기력해지는 이야기 아닌가요?"

"그렇지." 왕너구리 선생님은 느긋하게 웃으며 말했다.

"의사가 할 수 있는 건 말이야, 정해져 있는 거야. 우리는 그런 힘없는 존재이지."

그러고는 다시 잔을 기울이며 "아, 좋은 술이야"라는 말을 중얼거렸다.

"요즘 세상은 모두가 생명에 대해 착각하고 있어. 의료라는 것이 조금 진보되었다고 해서 인간이 인간의 목숨을 연장하거나 단축시키는 것이 가능하다고 생각하지. 전혀 그렇지 않은데. 우리가 그렇게 열심히 결석을 떼어 치료했던 다카야마 씨가 2개월 후에는 지금처럼 심장 기능 상실로 다 죽어가고 있잖아, 그런 거지."

조용하지만 묵직함이 느껴지는 그의 목소리가 가게 안을 울리고 있었다.

잠깐의 침묵 속에 딱딱거리는 도마 소리만이 들려왔다.

"그렇다면 저희 의사는 어떻게 하면 되는 겁니까?"

"그걸 생각해내는 것이 의사의 일이지."

왕너구리의 기지를 발휘한 대답이 돌아왔다.

"중요한 것은 말이야, 구리 짱. 목숨에 관해서 오만하게 굴지 않는 것이야. 목숨의 형태를 다시 만들어내는 것은 우리가 할 수 없어. 정해진 목숨 안에서 우리가 어떤 일을 할 수 있는지에 대해 진지하게 생각해내는 것이지." 다시 천천히 잔을 기울이며 가만히 덧붙였다. "그런 의미라면 구리 짱은 좋은 일을 했다고 생각하네."

그렇게 아무렇지 않은 듯 던진 한마디가 왕너구리 선생님이 주는 위로의 말이라는 것을 눈치채기까지는 조금의 시간이 필요했다.

다시 정적이 찾아왔다.

약간의 시간을 두고 어느새 마스터가 나타나 새로운 술을 따라주었다. 손님의 대화 따위에는 아무런 관심이 없는 모습이지만 어쩌면 그들의 호흡 하나하나까지 다 파악하고 있는 건 아닐까 하는 생각이 들 정도로 훌륭한 타이밍이었다.

"감사합니다."

이치토는 거의 무의식중에 그런 말이 입 밖으로 나와버렸지만, 왕너구리 선생님은 아무 대답도 하지 않았다.

생선회가 나왔고 튀김꼬치도 나왔다. 두 사람은 묵묵히 마시고 먹었다.

중년 부부가 계산을 끝내고 일어나니 가게 안은 구석에 있던 여자 손님 한 명과 이치토 자리의 두 명만이 남아 있었다.

거나하게 술에 취해 잠시 아무 말 없이 술잔이 몇 번씩

오가던 중이었다. 갑자기 이치토의 휴대폰이 벨소리를 울렸다.

왕너구리 선생님은 왠지 모를 불길함에 "어허"라며 어이없는 얼굴이 되어버렸다.

그 자리에서 이치토는 전화기의 버튼을 눌렀다. 두세 마디를 주고받은 후 전화를 내려놓자 왕너구리 선생님이 한숨 섞인 말로 물어보았다.

"구니에다 씨, 떠난 건가?"

이치토는 눈앞에 보이는 유리잔에 시선을 떨군 채 대답했다.

"아니요. 다카야마 씨가 눈을 떴다고 합니다."

"다카야마 씨?"

"배가 고프니까 뭐라도 좀 달라고 말했대서 일단은 수분 섭취부터 지시했습니다."

대답을 하는 이치토가 오히려 당혹스러운 얼굴이 되어 있었다.

"저녁때부터 갑자기 소변량이 늘고 산소 상태도 상당히 개선되었다고 하네요."

찰나의 침묵을 두고 왕너구리 선생님은 유쾌한 듯이 웃으며 말했다.

"말했잖아. 신의 카르테에는 그렇게 적혀 있는 거라고."

웃으며 비워버린 잔을 들어 올리며 "마스터, 한 잔 더!"라고 외쳤다.

왕너구리 선생님 특유의 통쾌한 웃음소리가 실내에 울리고 있다.

이치토는 잠시 말없이 잔을 가득 채운 액체를 쳐다보고 있었지만 곧바로 손을 들고 조용히 잔을 기울였다.

"안녕하세요, 닥터."

부엌에 얼굴을 내민 이치토의 귓가에 언제나 그렇듯 학사님의 목소리가 울렸다.

"잘 잤나, 학사님."

"어제도 꽤 늦은 퇴근을 하셨더라고요."

학사님이 걱정해주자 이치토는 괜히 멋쩍어졌다.

어젯밤은 완벽하게 왕너구리 선생님과 술을 마신 것밖에 없었기 때문에 그다지 당당하게 말할 수 없었다.

"커피 드실래요?"라고 묻는 학사님의 말에 고개를 끄덕이면서 양치를 시작했다. 잠깐 동안 칫솔을 움직이던 이치토는 살짝 놀라고 말았다. 평소라면 슬슬 방에서 나와야 할 동백나무방의 주인이 아직도 나오지 않아서였다.

"전무는 어떻게 된 거야?"

"부재중이에요. 요즘 집에 안 들어오는 날이 많아요."

학사님의 조심스러운 대답에 이치토는 양치질을 멈추고 얼굴을 찡그렸다.

"집에 안 온다고?"

"집에 와도 아예 날을 새우고 오거나 일 나가기 직전에 잠깐 들렀다가 나가는 정도예요."

학사님은 컵에 뜨거운 물을 부으면서 쓴웃음을 짓고 있었다. 이치토는 생각에 잠겨 있다가 겨우 다시 입을 열었다.

"외박을 하고 있다는 뜻인가?"

"뭐, 쉽게 말하자면 그런 거죠. 전무가 하는 말에 따르면 '신한테 기도한 보람이 있다'고 하던데요."

생각지 못한 전개에 이치토는 말이 없었다.

갑자기 제단 쪽을 보니 전무가 기도한 흔적인지, 티 없이 깨끗한 도라지꽃 한 송이가 꽃병에 꽂혀 있었다.

인간 세상은 한 치 앞을 알 수 없다. 정말이지 어떤 일이 일어날지는 알 수 없는 것이라며 새삼스레 개탄했다.

"아, 그리고 남작이 말하던데요. 제단에 올려놓은 스카치는 슬슬 마셔도 되는 거냐고. 전무가 행복한 결말을 맺는 건 그렇다 쳐도 닥터의 일은 어떻게 되어가는 거냐며 걱정하고 있었어요. 신장만이라도 좋아져야 하는 환자는 어떻게 되었어요?"

자세한 사정을 알 리 없는 학사님의 질문은 불의의 습격 같은 것이기도 했지만 왠지 이치토는 자신도 놀랄 정도로 동요하지 않았다.

제단을 올려다보며 이치토는 천천히 대답했다.

"조금만 더 기다려달라고 전해줘. 환자는 아직 싸우고 있어. 얼마나 힘을 내줄지는 모르겠지만 적어도 아직은 싸우고 있는 중이야."

이치토는 대답하는 와중에 신기하게도 마음속 깊은 곳에 뜨거운 활력이 들어왔음을 발견했다.

할 수 있는 것은 정해져 있다.

사람의 목숨을 정하는 것은 확실하게 신의 영역이다.

하지만 인간의 영역을 포기해도 좋다는 뜻은 아닐 것이다. 정해진 운명 안에서도 힘껏 노력하는 것이 인간의 영역이라면 인간은 꽤나 할 일이 많이 남아 있다. 적어도 구니에다 씨의 투석 기계는 지금도 계속 돌아가고 있다.

"남작에게 전해줘. 조만간 가까운 시일에 함께 마시자고 부탁하는 날이 올 거라고. 모처럼 모셔놓은 그 술은 그때까지는 아껴두고 있어달라고 말이야."

"알겠습니다."

웃고 있는 학사님에게 고개를 끄덕거린 후 이치토는 방으로 돌아왔다.

늘 그랬듯이 하얀 가운과 『풀베개』를 넣은 가방을 집어 들고 어둑어둑한 현관에서 밝은 아침 햇살 밑으로 나왔다.

징검돌 위에서 이마에 손을 가져다 대니 저기 저편에 당당하게 자리한 북알프스 산맥이 보였다. 능선 위로는 이미 또렷한 가을 색이 퍼져 있었고 완만한 산허리부터 산기슭까지 옷을 갈아입기 시작했다. 단풍이 없어지면 곧 겨울이 온다. 화려했던 산이 하얗게 물들 날이 이제 머지않았다.

이치토는 가늘게 눈을 뜨고 크게 한 번 심호흡을 한 후, 발을 내디뎠다.

가을의 창공은 아득하게 높았고 불어오는 바람은 맑고 쾌청했다. 옆집에 핀 도라지꽃이 이치토의 등을 다독거리듯 누긋하고 조용히 흔들리고 있었다.

제4장

겨울 산의 기록

겐조는 땅에 드러누운 채 소리도 없이 흩날리고 있는 눈을 올려다보고 있었다.

'2월이라고는 해도, 도쿄에 눈이 내리는 건 좀처럼 드문 일이지…….'

그렇게 한가롭게 감회에 젖어 있던 그는 몸을 얼릴 정도의 갑작스러운 추위에 날아가버렸다.

넋이 나간 채로 멍하니 뜨고 있던 시야가 한순간에 윤곽을 드러냈고, 압도적인 현실이 겐조의 눈앞에 드리워졌다.

장갑을 낀 오른손이 눈 속에 드러난 바위를 붙들고 있었다. 그 맞은편에는 거의 수직으로 올라간, 몇 미터는 되어 보이는 거대한 바윗덩어리가 있었다. 바윗덩어리 곳곳에 듬성듬성 흩어져 보이는 것은 피켈(빙설로 뒤덮인 경사진 곳을 오를 때 사용하는 등산 기구-옮긴이)과 아이젠, 텐트 폴 등…… 겐조가 애용하는 등산 도구였다.

하나하나의 사실을 인식해가고 있던 순간, 갑자기 왼쪽 눈에 미끈미끈하고 따끈한 무언가가 흘러내렸고 그것이 피라는 것을 눈치챈 겐조는 그제야 본인이 처한 현실을 이해할 수 있었다.

'떨어진 거구나…….'

말문이 막힘과 동시에 한순간의 기억이 되살아났다.

겐조가 조넨다케의 작은 오두막을 출발한 것은 그날 이른 아침의 일이었다.

좁은 방 안에서 함께 밤을 지낸 대여섯 명의 등산객에게 이별을 고한 후, 겐조는 혼자서 산장을 떠났다.

겨울 산속에 있는 작은 오두막은 북쪽으로는 오텐쇼다케, 남쪽으로는 조가타케가 늘어서 있는 장대한 능선을 따라 올라가는 길목에 자리 잡고 있었다. 겨울의 북알프스를 종주하는 코스로서는 비교적 입문 단계라고는 하지만 결코 쉽게 접근할 수 있는 장소가 아니었다.

30년 전 겐조가 아직 학생이었던 시절, 이곳에서는 사람을 만나게 되는 것조차 정말 드문 일이었다. 설령 만난다고 하더라도 이곳의 산 지리를 정확하게 알고 있어서 단독 산행을 하는 베테랑이거나 노련한 사교 모임이라고 할 수 있는, 그래봤자 고작 두 명 정도의 과묵하고 붙임성 없는 등산의 달인들뿐이었다. 하지만 오늘날의 작은 오두막에는 학생으로 보이는 젊은이들 모임 이외에도 서른 살 전후로 보이는 쾌활한 커플의 모습도 보였다. 그래서인지 '이 산도 몹시 변했구나' 하는 쓸쓸한 마음이 겐조의 마음을 스쳐갔다.

어찌 되었든 동이 트기도 전에 작은 오두막을 출발한 겐조는 눈 쌓인 조넨다케를 넘어 순조롭게 조가타케 쪽으로 향하는 종주로로 발을 내디뎠다. 산 능선을 따라 화산가스가 나오고 있어서 조망은 탁하기만 하지만 바람이 불지 않는 만큼 컨디션도 나쁘지 않았다. 종주로 중간중간에 나무가 우거진 일대에서는 눈을 헤치고 나아가야 했지만 능선으로 나온 뒤에는 속도를 내서 예정보다 빠른 시간에 조가타케의 최고점에 오를 수 있었다.

거기까지는 아주 순조로웠다.

'나 스스로도 아주 포기한 것은 아니었나 보네…….'

겐조는 그런 회심의 미소를 흘릴 정도로 여유가 있었다.

사태가 급격히 변한 것은 조가타케에서 내려올 때의 일이었다. 갑자기 바람이 불더니 눈발이 조금씩 흩날렸다. 얌전하던 대기에 불온한 기색이 감돌기 시작한 바로 그 순간이었다.

'이거 곧 사나워지겠네.'

구름 모양을 관찰하며 눈살을 찌푸리고 있던 겐조는 더욱 속도를 내기 시작했고, 그 시점에서 문제가 발생했다.

예고도 없는 돌풍이었다.

바로 직전까지도 그저 온화하게 흩날리던 눈발에 갑자기 모든 숨을 빨아들일 듯한 기묘한 긴장감이 찾아왔다. 곧바로 산등성이에 강렬한 돌풍이 불어닥쳤다. 발 디디기조차 힘든 급경사면에서 갑작스럽게 몸의 절반이 밀려난 겐조는 그만 버티지 못하고 자세가 무너져버렸다. 그리고 20킬로그램이 넘는 배낭의 무게에 이끌려 그대로 넘어가듯 추락했다.

살아 있는 것이 신기한 일이었다.

눈이 쿠션 역할을 해준 것과, 바위 모서리에 머리를 부딪히지 않았던 것, 도중에 간신히 경사의 움푹 파인 곳에 운 좋게 걸리게 된 것이 겐조의 목숨을 이 세계에 있을 수 있도록 붙들어준 것이다.

모처럼 산에 오른 쉰 살의 인간이 종주로에서 떨어지고도 살아남은 것은 기적이라고 해도 좋으리라.

겐조는 어느 정도의 경과를 떠올리고 난 후, 천천히 숨을 뱉었다. 잠시 마음을 진정시키고 나서 상황을 확인해야 했다. 그대로 고개를 돌려 주변을 살폈다.

등에는 20킬로그램의 배낭을 짊어진 채였다. 경사면 위로 올라간다는 것은 간단하지 않았다.

양팔과 다리가 무사한 것을 확인해야 했고, 일단은 오른손을 천천히 쥐었다가 펴보니 문제없이 움직였다. 그 오른손으로 왼쪽 눈가를 닦아보았지만 출혈은 이미 상처가 난 자리 그대로 얼어 있었다. 왼손도 움직인다. 오른발도, 그리고 왼발……. 거기서 갑작스럽게 급격한 통증을 느끼고 겐조는 얼굴을 찡그렸다. 겨우 고개만을 들어 일으켜보니 정강이 부분이 일그러져 있는 것이 보였다.

"부러진 건가……."

망연하게 겐조는 하늘을 바라보았다.

두꺼운 구름이 묵직하게 버티고 앉은 것처럼 넉살 좋게 서쪽 하늘을 점령하고 있었다.

그 하얀 벽은 천천히 서쪽에서 동쪽으로 흘러들어가며

조금의 틈조차 쉽게 보여주지 않았다. 자그마한 구름 틈새로 저 멀리 호타카산의 산봉우리가 엿보였다. 하지만 곧바로 횡단하는 회색빛 구름 천막에 의해 조망은 닫혀버렸다. 머리 위로 지나쳐가는 구름들 중에 때때로 끊어진 틈이 보일 때면, 그 사이로 햇빛이 새어나와 갑자기 밝아질 때도 있었다. 그러나 그것도 잠시일 뿐, 곧바로 직전의 어둑어둑함으로 돌아가버렸다.

"이거 안 되겠네."

조넨다케의 산등성이를 오르고 있던 누노야마 고지로는 선글라스를 벗고 서쪽 하늘을 응시한 채, 혀를 쯧 하고 찼다. 맑게 개었더라면 오쿠호타카다케부터 야리가타케까지 광범위하게 늘어선 능선을 한 번에 조망할 수 있는 최고의 산책 코스가 되었을 터인데…… 오늘은 바람이 끊어지는 틈새로 바위 표면이 언뜻 보이는 정도일 뿐, 전망은 전혀 풀릴 기미가 없었다.

불쑥 뒤를 돌아보니 고지로의 발자국을 따라 침착하게 걸어 올라오는 동료의 모습이 보였다.

"가나코, 괜찮아?"

울리는 목소리에 상대방은 오른손을 들고 한가로이 손가락으로 브이를 만들며 대답했다.

"누구한테 대고 감히 괜찮으냐고 물어보는 거야?"

뒤쫓아온 가나코는 여유 있는 웃음으로 고지로와 같은 하늘을 쳐다보며 말했다.

"산악부 시절에는 내가 항상 리드해서 올라왔잖아."

"그 이후로는 꽤 나이를 먹었으니까. 체력도 떨어진 건가 걱정했지."

"뭐야, 마치 나 혼자만 나이를 먹은 것처럼 말하네."

가나코는 익살스럽게 웃는 고지로를 가볍게 한 번 흘겨보며 말했다.

서른 살이 넘은 두 사람이 이렇게 옛날과 변함없이 까불거릴 수 있는 것은 아마도 산 덕분일 거라며 고지로는 가슴속으로 쓴웃음을 지었다. 그러고는 다시 한 번 서쪽 하늘로 눈을 돌렸다.

"이 상태라면 오후에는 더 나빠질 것 같네."

"가스도 나오고 있고, 조심해야겠어."

발밑으로 눈을 돌려보니 어슴푸레 끼어 있는 화산가스 저편으로 눈 덮인 조넨 오두막의 커다란 지붕이 시야에 들어왔다.

지난밤 피난용 오두막에는 다른 네다섯 명의 등산객이 있어서 '한겨울의 북알프스도 많이 활기차졌구나' 하고 생각했다. 그곳에 있던 모두가 고지로와 가나코처럼 조넨의 산계(山系)를 따라 내려온 것은 아니었다.

가미코치 방면에서 올라온 학생들의 모임도 있었다. 그들은 동이 트는 것을 바라본 후 그대로 다시 북쪽을 향해 출발했다. 남쪽의 조가타케 방면으로 향한 사람은 고지로와 가나코보다 먼저 단독으로 출발했던 남자 등산객 한 사람뿐이었다.

전날 시끌벅적하던 겨울 산의 오두막에 함께 있던 그 남자는 산과는 꽤나 친해 보이는 과묵한 인물이었다. 그가 출발하기 전, "조가타케에 있는 베이스캠프에서 또 만나게 될지도 모르겠네요"라는 말을 주고받았다.

"먼저 앞쪽으로 가버린 건가? 흔적이 안 보이는데."

"능선에 따라서는 보통 쌓인 눈을 피해서 바람이 부는 방향의 바위 쪽으로 걸어가니까……. 베테랑 같아 보였으니 괜찮을 거야."

베테랑이라면, 하고 말을 잇던 고지로는 올라왔던 완만한 경사면을 향해 뒤돌아보았다.

아래쪽의 눈 쌓인 경사면에 커다란 카메라를 설치하고 있는 사람 그림자를 발견하고 그는 곧 눈살을 찌푸렸다. 작은 체구의 사람 형상이 발 디디기도 힘든 바위와 눈 위에서 심지어 두꺼운 장갑을 낀 채, 솜씨 좋게 기계를 조작하고 있었다.

“겨울 북알프스에는 베테랑이 여럿이군.”

“이런 상황에서 사진을 찍는다니 과연 보통은 아니네.”

돌아보는 가나코도 솔직한 감탄을 그대로 내뱉었다.

“어제 오두막에서 얘기했을 때는 꽤 어린 여자처럼 보였는데 이렇게 보니 거침없는 사람이었네.”

그러고 나서 가나코가 얼굴을 살짝 찌푸렸는데 고지로가 그녀를 응시한 채 그대로 서 있어서였다.

“무슨 일이야?”

“아니, 저 사람. 아무리 봐도 어디서 본 것 같은 기분이 들어서 말이야.”

“또 그런 식으로……. 하여튼 젊은 여자만 보면 그렇게 분간을 못 한다니까.”

목소리가 험상궂다. 하지만 고지로는 초연한 태도였다.

“어린 것뿐만이 아니야. 꽤나 미인이라고.”

“부인 앞에서 할 말이 아니잖아. 산기슭까지 걷어차버릴 수도 있어. 조심해.”

“으악, 무서워.” 고지로는 웃으며 피켈을 집어 들었다. “자, 앞장서주세요, 가나코 대장님.”

"입은 그만 움직이고 빨랑빨랑 움직이기나 해. 한 번 더 돌아보면 두들겨 패서 떨어뜨려버릴 거니까."

그녀의 거침없는 말 속에는 활기차고 경쾌한 감정이 묻어 있었다.

둘은 천천히 종주를 다시 시작했다.

눈 내리는 조넨다케.

그것은 신슈에 태어나 신슈에서 자란 겐조에게는 신성한 곳이라기보다는 친근한 존재였다.

어릴 적에는 학교의 등산 시간에도 오른 적이 있었다. 그래서 여름의 조넨산맥에는 이미 친숙해져 있었다. 같은 지역에 있는 시나노대학에 입학하고 나서 산악부에 든 겐조는 기다렸다는 듯이 겨울 산에 오르며 즐기게 되었다.

조직을 짜서 등반하거나 단독으로 올라가는 날도 있었고 2월의 오쿠호타카다케에서 기타카마 능선도 등반한 적이 있었다. 하지만 겐조는 역시 눈 내린 조넨산맥을 제일 좋아해서 몇 번이고 이 종주로를 혼자 왕복해왔다.

그러나 사회에서 월급을 받는 몸이 되고 나서부터는 산 주변에 가까이 갈 기회조차 없어졌다. 등산의 여유는커녕 그저 지나가버리는 매일매일 속에서 일을 했고, 결혼을 했고, 아이가 생겼다. 오로지 일상생활에 전념하는 것에만 쫓기는 삶이 이어졌고, 그 와중에 정신을 차리고 보니 세간에서는 지천명(知天命, 50세를 달리 이르는 말 - 옮긴이)이라고 불리는 나이가 되어버리고 말았다.

"역시 30년 만의 겨울 산은 무리였던 것인가……."

본인 스스로도 이상할 만큼 침착한 말투로 목소리를 내뱉었다.

천천히 오른손을 움직여 등 뒤의 배낭에서 타월을 한 장 꺼내 들고 얼어버린 이마의 출혈 부위를 문질렀다.

같은 요령으로 물통을 꺼내어 두 모금 마시고 그 후로는 가슴 쪽의 주머니에서 담배를 꺼내 물었다. 하지만 불을 붙이려고 라이터를 꺼낸 겐조는 이런 극한의 추위 속에서 장갑을 벗는 위험한 행동은 하지 않기로 하고 곧바로 단념했다. 어떻게든 발의 통증을 견디며 상반신을 일으켰고 주위를 돌아보니 생각했던 것만큼 급한 경사는 아니었다. 그저 드러나 있던 바위와 바위 사이에 꽉 끼어버린 모양이었다.

손목시계는 오후 1시 20분을 가리키고 있었다.

다만 겉 부분이 깨져 시계가 멈춘 것이 오후 1시 20분. 즉 추락한 시각을 나타내주고 있을 뿐이었고 잠깐 동안 의식을 잃었던 겐조에게 정확한 시간을 알려주는 것은 아니었다.

주변에는 조용하게 눈이 흩날리고 있었지만 방금 전에 불던 돌풍은 마치 거짓말처럼 사그라졌다.

"결국 이게 내 운명이라는 건가. 뭐 늘 변함이 없던 내 운명은 이번에도 여전히 그 모양일지도 모르겠지만……."

정신이 없는 와중에도 중얼거리게 되는 혼잣말에 왠지 모르게 쓴웃음이 흘러나왔다.

산은 인간을 웅변하게 한다. 사람을 향해 말하는 것뿐만 아니라 하늘이나 산을 향해서도 말하도록 만든다고 한다.

'하지만 혼잣말이 많아지는 것은 왠지 씁쓸하군…….'

겐조는 한 번 더 작게 웃고 나서 하늘을 올려다보았다.

이렇게 조용한 날씨는 태풍이 오기 직전, 잠시 소강상태일 뿐인 폭풍 전야에 불과했다. 예보에서는 저녁이 되면 더욱 거세어질 것이라고 했다. 가스가 자욱해지고 점점 기온이 내려가기 시작한 대기 상태는 이미 충분히 불온해 보였다. 움직이려면 때는 지금이지만 한쪽 발을 끌어서 산능선을 넘고, 조가타케의 베이스캠프까지 이동하는 것은 아무리 생각해봐도 무리였다.

겐조는 크게 한숨을 쉬고 열심히 머리를 굴려보았다.

먼저 휴대폰을 찾아 산기슭 쪽에 연락을 시도해보기로 했다. 요즘에는 조가타케 정상에서도 휴대폰이 터진다고 하니 여기에서 연결이 안 될 이유도 없다. 구조 요청만 할 수 있다면 그 후엔 잠시 밖에서 노숙하며 그저 구조를 기다리면 된다. 다행히 식량도 장비도 경험도, 겐조는 모든 것을 갖추고 있었다.

다만 휴대폰이 살아 있는지가 가장 중요한 문제이다.

작게 끄덕거린 겐조는 등 뒤의 배낭 사이드포켓에 손을 뻗었고 방수 케이스에 넣어놓은 휴대폰을 꺼내 들었다. 다행히도 겉보기엔 흠집 하나 생기지 않은 상태였다. 구조 요청을 해야겠다며 전원을 켜려던 겐조는 갑작스럽게 귓가에서 속삭거리는 어떤 목소리를 들은 것 같아 바로 손을 멈추었다.

'살아서 어쩌려고?'

놀라서 주변을 돌아보았지만 지나가는 바람 소리 외에 목소리는 물론이고 사람 그림자도 있을 리 만무했다.

'환청인가…….'

겐조는 쓴웃음을 지으려 했으나 실패하고 말았다. 그저 웃으려고 했던 것뿐인데, 입술은 희미하게 떨리기 시작했고 겐조의 마음은 급속하게 식어가고 있었다.

"……이럴 운명인 거네."

중얼거린 순간, 겐조의 휴대폰은 이미 눈 위에 놓여 있었다. 그대로 천천히 등 뒤의 배낭에 몸을 기대었다.

서서히 오른손의 장갑을 벗어버리고 방금 전 바위 뒤편에 둔 라이터를 집어 들었다. 입에 문 담배에 이미 얼어버린 손으로 가만히 불을 붙였다.

회색빛 하늘에 어렴풋하게 보라색 연기가 피어오르고 있었다.

고지로와 가나코가 하루 동안 산행을 무사히 끝내고 커피를 마시는 이 잠깐의 시간은 더없이 행복한 시간이었다.

오후지만 아직 밝은 이때 조넨다케에서 조가타케를 넘었고, 조가타케 베이스캠프의 겨울 오두막에 도착한 두 사람은 곧바로 오두막 안에서 커피를 만들 채비를 시작했다.

계속 사용하던 싱글 스토브에 물을 끓이고, 컵에 커피 가루를 넣고 천천히 물을 부으면 완성이다.

고지로는 두 개의 알루미늄 컵 중 하나를 집어 짝에게 건넸다.

"수고했어, 가나코."

"수고했어, 고 짱."

짤깍하고 알루미늄 컵을 맞부딪치며 "무사히 끝낸 여행에 건배!"를 외쳤다. 서로의 목소리가 어두운 오두막 안을 울렸다.

"내일은 이대로 나가카베산을 넘어서 가미코치로 가는 건가?"

"늘 가던 코스이긴 한데, 왠지 날씨가 이대로라면 내일이 꽤 험난할 것 같아. 조금 빨리 나가야 할 것 같지?"

"응. 그래도 올해 역시 무사히 종주할 수 있을 것 같아. 이것도 다 고 짱 덕분이야."

감개무량한 표정을 짓는 가나코를 바라보며 고지로는 밝게 웃으며 말했다.

"뭐야, 갑자기 조신해지고 말이야."

"가끔은 칭찬도 해줘야겠다고 생각했어." 그녀도 웃으며 컵을 기울였다. "솔직히 요즘처럼 바쁜 매일이 계속되면 트레이닝도 전혀 받을 수 없으니까, 겨울의 북알프스는 이제 슬슬 졸업해야 하는 건가 싶었는데."

"나와 가나코는 함께 묶여 있잖아. 바람이 불어도 눈이 오는 날이라도 같이 가면 다 넘어설 수 있어."

"그래도 무리하는 건 금물이야. 여기서 무슨 일이라도 생기면 그거야말로 고스케를 볼 면목이 없어지니까."

가나코의 목소리는 아무렇지 않은 듯이 꾸미고 있었지만 조용한 묵직함을 담고 있었다. 그녀의 목소리가 작은 오두막 깊숙한 곳까지 가라앉는 것 같았다.

"그러네."

고지로가 조금 시간을 두고 고개를 끄덕거렸을 때, 갑자기 쿵 하고 오두막 문이 열리는 소리가 들렸다. 곧바로 입구에서 실내로 이어진 좁은 통로로 발소리가 울렸고, 등산객 한 사람이 오두막 안으로 들어왔다.

"둘만 있는 건 여기까지네."

웃는 가나코의 얼굴이 곧바로 당황스러운 표정으로 변해버렸다. 오두막 안으로 들어온 사람의 그림자가 예상했던 몸집보다 아주 작았기 때문이었다. 처음에 눈에 들어온 것은 등산객이라면 익숙하게 볼 수 있을 법한 거대한 가방이었지만, 그것을 등에 메고 있는 사람은 그 가방보다 작을 정도로 호리호리한 모습이었다.

그 사람이 가볍게 인사를 건네고 모자와 고글을 벗었을 때, 두 사람은 오늘 아침 조넨 경사면에서 사진을 찍고 있던 여자라는 사실을 동시에 알아차렸다.

안녕하세요, 하고 맑은 목소리가 들렸고 두 사람은 당황하며 인사를 했다. 짐을 내리면서 작은 방을 둘러본 여자는 갑자기 눈썹을 가볍게 찡그리고 동작을 멈추었다. 고지로가 곧바로 입을 열었다.

"어서 오세요. 저희밖에 없으니까 적당한 장소에 앉으세요."

"두 분……뿐이에요?"

고지로의 다정한 목소리에 비해 여자의 목소리는 오히려 희미한 긴장감이 담겨 있었다. 묘한 침묵이 퍼졌고 그것을 가나코가 꾹 눌러버리듯 입을 열었다.

"저희 말고 다른 사람이 또 오기로 했나요?"

"아니요. 그런 건 아니지만……." 여전히 무언가를 생각하고 있는 모습 같았다. "오늘 아침에 조넨 오두막에서 조가타케 방면으로 간 사람이 한 명 더 있다고 생각했거든요."

가나코와 고지로는 얼굴을 마주 보았다.

서로의 머릿속에 떠오른 것은 이른 아침 조넨의 오두막에서 가볍게 인사를 나누고 단독으로 산행을 나선 남자였다. 그의 모습이 이 오두막에 보이지 않는다는 것을 두 사람 모두 눈치채지 못하고 있었던 것은 아니었다. 하지만 이런 가혹한 자연환경 속에서 다른 사람을 배려하는 여유 따위는 가질 수 없다. 가능한 한 무사할 수 있도록 기도하는 정도밖에는 해줄 것이 없었다.

"혹시 중간에 코스를 변경해서 요코산 방향으로 내려간 건가……."

고지로가 말을 고르듯 중얼거렸고 가나코도 덧붙였다.

"아니면, 오두막에 들르지 않고 그대로 가미코치까지 내려간 건 아닐까?"

하지만 조가타케 베이스캠프의 이름을 입에 올렸던 등산객이 갑자기 다른 방향으로 가는 선택지를 골랐을 것이라고는 생각하기 힘들다. 그렇다고 오두막에 들르지 않고 내려갔다는 선택지 또한 안심이 되지 않는다는 것은 두 사람 모두 잘 알고 있다. 겨울의 조넨다케산을 횡단하고 하루 만에 가미코치까지 간다는 것은 군대의 강행군이라 하더라도 있을 수 없는 일이다.

두 사람의 발언을 비웃듯이 갑자기 강한 바람이 불어왔고 오두막은 몸을 흔들며 삐걱거렸다.

옆에 앉아 있던 여자는 얼마 안 있어 다시 일어섰다.

"저, 주변을 조금 둘러보고 올게요."

"주변이라니…… 이 바람 속을요?"

가나코는 놀라서 목소리를 뱉어냈다.

가나코는 고지로가 앞장선 덕에 순조롭게 산행을 끝냈지만 오늘은 피로가 극에 달해 있었다. 혼자서, 심지어 누가 봐도 가나코보다 많은 짐을 짊어지고 온 이 여자가, 이렇게 악화되고 있는 바람 속으로 나가버린다는 것은 제정신으로 하는 행동이라고 생각할 수 없었다.

하지만 상대는 아랑곳하지 않는 듯이 눈을 털고 방금 풀었던 아이젠을 다시 채우고 있다.

"저, 사진 찍는 일을 하고 있어서요. 촬영도 할 겸 조금 걷고 오는 것뿐이에요. 너무 신경 쓰지 않으셔도 돼요."

아무리 그녀가 신경을 쓰지 말라고 말을 한대도, 그렇게 간단히 보고 넘어갈 수는 없었다.

촬영하기 위한 거라면 카메라와 장비만 챙기면 되는데, 그대로 중장비를 착용한 채 나가는 모습을 보니 이 여자의 의도가 어떤 것인지는 이미 선명하게 와 닿았다.

놀라서 멈춰 세우려고 한 가나코를 고지로가 조심스레 제지했다.

그럼, 하고 가볍게 인사하고 일어난 상대방에게 고지로는 조용히 인사했고 그대로 그녀를 보내버렸다. 사라져가는 커다란 가방을 응시하던 가나코는 황당한 마음에 비난이 섞인 눈으로 남편을 돌아보았다.

"괜찮은 거야, 고 짱? 너무 위험하다고."

남편이 자신을 제지했던 의미를 알지 못한 가나코에게

고지로가 대꾸했다.

"저 사람, 어디서 본 적이 있는 것 같다 했더니 가타시마 하루나였어."

"가타시마……." 중얼거린 가나코는 곧바로 눈이 동그래졌다. "그 산악 사진가?"

"응. 어쩐지 어디선가 본 얼굴 같더라고."

"저 사람이……."

가나코의 기억에도 그녀의 이름은 남아 있다.

가타시마 하루나는 20대의 젊은 나이로 수많은 일본의 명산을 등정해온 산악 사진가이다. 어린 나이임에도 어려운 산들을 종주하는 인내력과 결단력은 이미 정평이 나 있었기 때문에 가나코도 그녀의 이름을 들어본 적이 있었다.

산이라는 가혹한 환경과는 정반대로 예쁘장한 용모 덕분에 숨겨진 팬도 있을 정도이지만 그저 그런 가벼운 얘기만으로 정리가 되는 사진가가 아니라는 것은, 그녀가 남긴 발자취를 보면 알 수 있다.

"킬리만자로를 단독으로 산행하는 사람이야. 우리가 걱정할 입장이 아니야." 고지로는 닫힌 오두막 문으로 눈을 돌리며 말했다. "우리한테 할 수 있는 일이 있다면 자신의 몸만은 스스로 확실하게 지키는 것이다."

고지로의 담담한 목소리에 희미한 흔들림도 있다는 사실을 가나코는 민감하게 감지했다.

고지로에겐 분명히 저 여자를 도와주기 위해 나가고 싶은 마음이 있을 것이다. 평소의 그라면 가볍게 판단하고 말을 내뱉었겠지만 산속에서, 그리고 가나코를 데려왔을 때만큼은 신중하고 예민하게 판단을 내리는 남자이다. 프로의 산악 사진가는 그렇다 치더라도 지금 자신들은 이 눈과 바람 속에서는 도저히 움직일 수 없다는 것을 잘 알고 있어서였다.

가나코는 꺼두었던 스토브에 다시 한 번 불을 붙였다.

"커피 한 잔 더 만들게, 고 짱."

"그럼 고맙지."

시선만은 오두막의 문에 고정한 채, 굳이 밝은 목소리로 고지로가 대답했다.

바람이 기세를 늘리고 있었다.

일몰이 가까워짐에 따라서 주변은 어두워지고 때때로 눈보라가 몰아쳐 시야는 급속하게 흐려져갔다.

'이거 큰일인데.' 겐조는 마음속으로 중얼거렸다. '이 상태라면 눈보라가 시작될지도 몰라…….'

어딘가 혼미해지기 시작한 사고를 열심히 움직여야 하지만 겐조는 그저 장갑을 낀 왼손으로 이마를 가볍게 문지르기만 하고 있었다.

눈보라 치는 산은 맑은 날의 산과는 전혀 다른 세계이다. 몇 걸음 앞의 시야도 순식간에 사라지고 방향 감각은 한순간에 잃게 된다. 방금 전까지 온화하게 등산객을 맞아 주던 산은 갑자기 그 표정을 바꾸어 이를 악물고, 사납게 날뛰는 바람과 눈 속에 모든 것을 가두고 마는 것이다.

"거기에다가 이 다리까지……."

겐조는 쉰 목소리로 중얼거리며 자신의 왼쪽 다리를 내려다보았다.

정강이 주변이 묘하게 변형된 왼쪽 다리는 방금 전까지도 버티기 힘들 만큼 통증을 유발했지만 지금은 오히려 희미한 가려움만이 남아 있었다. 그것이 좋지 않은 징후라는 걸 겐조 스스로도 잘 알고 있다. 장갑을 빼버린 오른손도 새하얀 대리석 조각 같은 색으로 굳어져 있었다.

그 하얀 오른손을 쳐다보다가 갑자기 배 속 어딘가가 오싹할 정도로 차가워짐을 느낀 겐조는 눈 위에 던져버렸던 휴대폰을 어느새 다시 집어 들었다.

거의 감각이 없어진 오른손으로 전화를 열고 장갑을 낀

왼손으로 어떻게든 전원 버튼을 눌러보았지만 아무런 반응도 없었다. 몇 번이고 몇 번이고 되풀이해보았지만 하얀 기계는 마치 벽돌처럼 아무런 대답도 하지 않았다.

이런 극강의 추위가 느껴지는 냉기 속에서 배터리가 한순간에 소멸하는 것은 당연함을 인지했을 때, 겐조는 갑자기 새까매진 구렁텅이에 서 있는 기분이 들었다. 그리고 희미하게 어깨를 떨기 시작했다.

원래부터 명확하게 '죽어버리자'고 생각하고 도쿄를 나선 것은 아니었다. 죽을 작정을 하고 예전에 즐겨 왔던 산에 올라오는 그런 낭만적인 생각은 없었다.

그저 쉰 살이 된 생일날, 부인으로부터 받은 것이 이혼 서류라는 것에 대한 놀라움, 동시에 이런 사태가 될 때까지 조금도 눈치채지 못했던 한심한 자기의 모습이 우스꽝스럽게 느껴졌던 것뿐이었다.

우스꽝스러운 마음은 이내 비참한 마음으로 변했고, 겐조는 조용히 집을 나섰다.

거칠게 내밀어진 이혼 서류를 거실 탁자 위에 방치한 채로 낡은 배낭을 꺼내 방한용품과 물통, 지도, 나침반과 아이젠, 피켈을 하나씩 준비해나갔다. 모든 장비가 몇 년이나 장 속에 잠들어 있던 것이라고는 생각할 수 없을 정도로 깨끗했고 흠조차 없었다.

담담하게 손에 익은 실력으로 짐을 싸고 있는 겐조에게 부인은 차가운 눈으로 쏘아보며 말했다.

"어쩔 작정이에요?"

"잠깐 나갔다 올게."

툭 하고 중얼거리듯 말을 뱉은 겐조에게 부인의 억양 없는 목소리가 겹쳐졌다.

"도망치는 거예요?"

"도망?"

겐조는 놀란 마음으로 얼굴을 들었다.

20년 이상 함께 살아온 여자가 표정 없는 유리구슬 같은 눈으로 겐조를 내려다보고 있었다. 익숙한 그 얼굴이 참 곱다고 겐조는 생각했다.

'옛날 한겨울의 가미코치에서 보았던 다이쇼 연못의 조용한 수면과 닮았네.'

지금 분위기와는 전혀 상관도 없는 감회가 뇌리를 스치고 지나갔다.

"잠깐 나갔다 오는 것뿐이야. 며칠 안으로 돌아와."

"일은 어떻게 할 거죠?"

"……신경 쓸 필요 없어."

그러자 부인은 더 이상 아무 말도 하지 않았다.

그렇게 겐조는 도쿄를 나선 것이다.

……역시 이럴 운명이었던 거구나.

겐조는 새까만 휴대폰의 화면을 쳐다본 채로, 얼어붙은 입술로 무리하게 쓴웃음을 지어보았다.

생각해보면 사회에 나오고 난 이후에는 살아가는 것에 쫓겨 그저 닥치는 대로 양복 차림을 한 채 매일매일 뛰어다니기만 했다. 어느 정도 출세라는 것도 해보기는 했지만 변한 것이 있다면 월급이 조금 오른 것과 부인의 웃는 얼굴을 볼 수 없게 된 것, 그 정도였다. 딱히 성실하지 않게 살아올 작정은 아니었는데, 왠지 모르게 언제나 모든 일이 나쁜 쪽으로, 더욱더 나쁜 쪽으로 옮겨가기만 했다.

'그렇게 탁하기만 했던 인생의 마지막이 내가 좋아하는 산속이라면, 의외로 나쁘기만 한 것은 아닐지도 몰라.'

겐조는 혼자서 이상한 합리화를 하고 있었다.

'어느 정도는 저금도 해두었겠다…….'

정리가 되지 않는 사고는 결국 맥락도 없이 통장의 잔고까지 도달했다.

'그 돈이 있다면 돈 관리에 조금 서투르긴 해도 아내가 사치를 부리는 것도 아니고 어떻게든 도움이 될 거야.

아들도 있잖아. 벌써 얼굴을 본 지도 꽤나 오래되긴 했지만……. 어쨌든 생명보험을 남겨주기 위해서라도 이혼 서류에 사인을 하고 오지 않은 것은 다행이군.'

갑작스럽게 현실적인 문제까지 도달하게 된 겐조는 이번에는 어깨를 흔들며 웃고 있었다.

"뭐가 그렇게 재미있어요?"

갑자기 머리 위에서 내려온 목소리에 겐조는 감고 있던 무뎌진 눈을 더디게 떠보았다.

환청이라고 생각했지만 그렇지 않았다. 눈앞에는 작은 사람의 그림자가 서 있었다.

초점이 일정하지 않은 눈으로 어떻게든 상대를 인식해 보니 어느새 눈앞에는 몸집이 작은 등산객의 모습이 보였다. 디디기 힘든 바위와 눈의 경사면에서 재주 좋게 가방을 내리고 불어닥치는 강풍에도 겁내는 기색 하나 없이 겐조 옆에 다가섰다. 그리고 이마의 상처와 다리의 부상 상태를 확인했다. 때때로 바람에 눈이 흩날려 올라가고 조금 남아 있던 시야도 빼앗겨버릴 정도였지만 상대방은 조금의 동요도 보이지 않고 서 있었다.

겉으로 보기에는 산을 타는 달인과 같은 모습이었다.

"당신은……?"

"살 의지는 있으신 거예요?"

겐조가 당황한 것은 바람 소리 저편에서 들려온 목소리가 젊은 여자의 것이기 때문이었다.

대답을 하지 않았지만 상대방은 신경을 쓰지 않는 듯했다. 갑작스레 불어닥친 돌풍을 피해 몸을 조금 굽혀서 바람을 통과시켰고 곧바로 입을 열었다.

"시간이 없어요. 살 의지가 있는 거면 일어나주세요."

"지독한 주문이네요."

쓴웃음을 지은 겐조는 상대의 고글 안에 빛나는 맑은 눈동자를 보고 다시 입을 닫았다.

어딘가 순진하고 귀여운 모습을 품은 커다랗고 맑은 눈동자였다. 그럼에도 따뜻한 구조자의 눈은 아니었다. 차갑다고 해도 좋을 만큼 투명한 눈동자였다.

이것이 저체온증과 동반된다는 정신 착란이라는 놈인가 하는 망연한 마음에 다시 한 번 위를 올려다본 겐조는 어느새 천천히 몸을 일으키고 있었다. 감각이 남아 있는 왼쪽 손으로 바위를 붙잡고 혼미한 정신으로 하반신을 들어 올렸다. 그것을 본 여자는 곧바로 그의 오른팔 밑으로 손을 집어넣어 지탱해주었다. 양발로 일어섰을 때 일그러진 왼쪽 다리는 불행인지 다행인지 아픔을 느낄 수 없었다.

"오두막까지 걸어갈 거예요."

"이 바람 속을?"

"바람도 눈도 당분간은 그치지 않을 거예요. 그냥 기다리고 있으면 죽어요."

너무나도 확고한 대답에 겐조는 한순간 그녀가 신께서 산속으로 보내준 화신이 아닐까 하는 상상을 했고 그 상상이 진짜였으면 좋겠다는 마음이 들었다.

"당신은 산이 좋은 게 아니에요?"

그대로 계속 서서 산 능선을 올려다보고 있던 겐조에게 여자가 물었다.

"산이 좋다면 걸어주세요."

바람 소리를 양쪽으로 갈라버리듯이, 단호하게 쳐내는 채찍질 같은 세찬 말이 들려왔다.

겐조는 여자의 옆모습으로 눈을 돌렸고 거기서부터 산을 올려다본 후 자신도 모르게 천천히 한 발을 내디뎠다.

작은 겨울의 오두막은 더욱더 기세를 몰아붙이는 바람 때문에 계속 삐걱거리고 있었다.

"정말로…… 찾아서 데리고 왔어……."

바람 소리 사이로 중얼거리는 가나코의 목소리에 고지

로는 조용히 끄덕거렸다.

눈앞에 쌓인 침낭에는 새하얀 얼굴색의 남자가 상반신만 일으킨 채로 쓰러져 있다.

고지로는 스토브에서 물을 끓여 수프를 만들고 그 남자의 입가에 한 숟가락씩 천천히 가져다주며 대답했다.

"말했잖아, 보통 사람이 아니라고."

그렇게 대답한 고지로 자신도 놀라움을 감출 수 없었다. 오두막 반대편 구석, 작은 침낭에 들어가 등을 돌리고 자고 있는 사진가에게 눈을 돌린 채 탄식했다.

고지로의 머릿속에는 바로 한 시간 전의 광경이 떠올랐다. 주변을 둘러보고 오겠다며 오두막을 나섰던 여자 사진가가 오두막에 돌아온 것은 거의 일몰이 시작된 즈음으로 날이 저물면서 바람뿐만 아니라 모든 것이 강해져버린 악천후 속이었다. 그때 갑자기 쿵 하는 소리와 함께 문이 열렸다. 순간 틀림없이 혼자서 돌아왔을 거라고 생각했지만 그렇지 않았다. 눈투성이가 되어 들어온 사람은 두 명이었다.

놀란 고지로와 가나코를 향해 들어온 여자는 이미 모든 체력이 한계에 달한 것 같아 보였고 목소리도 내지 않고 남자를 오두막 안으로 질질 끌며 안으로 들어오더니 그대로 주저앉아버렸다.

"짐은 전부 그쪽에 두고 왔어요. 혹시 여유분의 식량이 있나요?"

핏기 없는 새하얀 얼굴로 겨우 그 말만을 던진 하루나에게 고지로는 당황한 채로 끄덕거리기만 했다.

하루나는 그대로 아무 말도 하지 않은 채 물을 조금 마시고 몸에 지니고 있던 자루에서 침낭을 꺼내어 누워버리고 말았다. 그리고 그대로 몇 분도 지나지 않아 조용히 꿈나라로 곯아떨어진 것이다.

지금도 조용한 숨소리를 내고 있는 사진가는 완전하게 침낭을 뒤집어쓰고 있어서 얼굴조차 보이지 않는다. 하지만 때때로 찔끔찔끔 몸을 떠는 듯한 움직임이 보였고 그것이 이내 마음에 걸렸다. 하지만 지켜보고 있는 고지로 일행이 그녀에게 해줄 수 있는 일은 아무것도 없었다.

고지로는 커다랗게 한숨을 쉬고 오두막 한편에 누워 있는 그녀를 쳐다보다가 다시 눈앞의 남성에게로 시선을 돌렸다.

"더 먹을 겁니까?"

정신이 몽롱해 보이는 남자는 고지로의 목소리에 조그맣게 고개를 좌우로 흔들었다.

그의 이마에는 거칠게 찢긴 상처가 있었고 오른손은 아마도 동상, 왼 다리는 묘한 방향으로 굽어 있어 확실하게 골절인 듯했다. 이런 부상자를 어떻게 여기까지 데리고 온 것일까. 아니, 어떻게 끌고 온 것인가라는 표현이 더 맞을지도 모르겠다.

"참 신기한 일이야……."

갑자기 남자가 나지막하게 중얼거렸다. 일정하지 않은 시선은 고지로 일행이 아닌 어두운 천장을 보고 있었다.

"제대로 되는 것 하나 없는 인생일 뿐이었는데, 마지막 순간에 이런 곳에서 대역전극이……."

쉰 목소리로 중얼거리던 그의 말이 끊어졌고, 고지로는 마치 사무실 직원에게 말하듯이 아주 담담하고 딱딱한 말투로 말을 건넸다.

"산기슭에 있는 구조대에게 연락은 닿았고…… 이런 바람 속에서는 헬기가 언제 날 수 있을지 모른답니다. 물론 날이 밝지 않으면 구조대라고 한들 나갈 수 없으니까 일단은 여기에서 버티고 있으라네요."

남자는 천천히 시선을 떨구고는 고지로 일행을 쳐다보았다.

"……고맙네……."

"당신 목숨의 은인은 지금 저쪽에서 자고 있어요. 우리는 아무것도 안 했습니다."

가볍게 어깨를 움츠린 고지로의 목소리에 남자는 얕은 숨을 반복하고 있었다.

가나코가 걱정스레 물었다.

"괜찮은 거야?"

"괜찮지 않지. 출혈, 동상, 골절에 저체온. 그리고 여기는 해발 2,600미터야. 거기에다가……." 깊이 한숨을 내뱉고 오두막 구석의 침낭으로 시선을 돌렸다. "저 사람이라 한들 얼마나 괜찮은 건지도 모르고."

"왠지 숨소리가 거친 느낌이 들지?"

"걱정이 되기는 한데 그렇다고 해도 우리가 할 수 있는 건 제한되어 있어."

"출혈과 동상과 골절로 움직일 수 없는 이 사람에게 먹을 것을 가져다주는 정도?"

"응, 그런 거."

희미하게 쓴웃음을 교환하는 두 사람을 몽롱한 눈으로 쳐다보고 있던 남자가 갑자기 온화한 미소를 띠며 중얼거렸다.

"나에게도…… 당신들처럼 행복한 부부 시절이 있었는

데 말이야……."

그의 말은 그 뒤로 끊겼다.

당황한 가나코를 제지하며 남자의 목을 만진 고지로는 곧바로 "잠든 것뿐이야" 하고 부인을 안심시켰다.

어느새 오두막 안에 있는 등산객 네 명 중 두 명이 꿈나라에 가 있고, 방금까지의 어수선했던 분위기는 마치 거짓말처럼 느껴졌다.

"행복한 부부 시절이라니."

간신히 가나코가 중얼거렸다.

언뜻 시선을 올린 고지로에게 가나코는 조금의 미소조차 띠지 않은 채 대답했다.

"행복하게 보이는구나."

"이제 슬슬 행복해져보라는 거 아닐까?"

고지로 또한 조금의 웃음기도 없이 대답했다.

구름이 기운 좋게 흘러가고 있다.

날아가듯이 지나쳐가는 구름들 중에 조각난 틈새가 살짝 보이고 그 틈 안쪽으로 빛이 새어나온다.

새벽녘, 동이 트고 있다.

여명의 얼어붙은 공기 속에 바람은 여전히 무서운 기세

로 몰아붙이고 있지만, 전날에 비하면 틈틈이 맑은 하늘이 보였고 때때로 눈부신 태양이 내리쬐기도 했다. 불어닥치는 바람은 가끔씩 아차 싶은 듯이 조용해졌고, 그럴 때는 경사면에 조각을 새긴 눈꽃 무늬가 내리쬐는 햇빛을 받아 대리석 조각처럼 빛났다.

절경이라는 말밖에는 할 수가 없다.

눈 덮인 경사면만이 그저 빛나고 있는 것이 아니다. 들이닥친 바람마저 반짝거림을 띠면서 한순간 한순간의 호흡에도 강도가 변해갔다. 빛과 눈과 바람의 춤사위이다.

그리고 바람은 멈추지 않았다.

가나코는 하늘을 올려다보며 새하얀 한숨을 뱉었다.

구름의 움직임이 빠르다는 것은 상공의 바람이 상당히 세다는 것을 알려준다. 아직 헬기가 뜰 수 있을 만한 날씨가 아니라는 것이다.

기다려볼까…….

가나코는 등 뒤의 오두막을 돌아보았다.

부상을 입은 남자는 밤새 조용하게 잠들어 있었고 아직 눈을 뜨지 않았다. 호흡도 평온했고 고지로도 아직 괜찮은 상태라고 얘기했지만 그 말이 어느 정도의 근거가 있는 것인지는 가나코도 정확하게 알 수 없었다.

오늘 날이 밝으면 곧장 가미코치 쪽으로 내려갈 예정이었지만 그렇게 되면 저 부상 입은 남자를 두고 가야만 한다. 그것이 너무 야박하고 가혹하다고 느껴지지만 구조대가 올 때까지 옆에서 지켜줄 거냐고 묻는다면 식량과 연료도 그만큼의 여유가 없기 때문에 쉽게 대답할 수 없었다.

어떻게 해야 할 것인가……. 고지로 또한 아직 아무 말도 입 밖으로 꺼내고 있지 않다. 아마 고지로도 망설이고 있는 것이리라.

힘든 등산이 되어버렸다…….

한 번 더 새하얀 입김을 내뱉은 그때, 바람의 저편에서 천천히 눈판을 넘어 오는 사람의 모습을 발견했고 가나코는 눈을 흐리게 떠보았다.

커다란 가방을 뒤에 멘 작은 사진가가 한 걸음, 한 걸음 바람 속을 뚫으며 걸어오고 있었다.

북알프스의 능선은 풍향의 영향으로 원칙적으로 동쪽 방향에 눈이 쌓인다. 쌓인 눈에 발을 디디면 추락의 위험이 있으므로 서쪽의 바위 표면에 노출된 부분을 밟고 걸어야 하지만 그렇게 되면 이번에는 바람을 정면으로 맞닥뜨리게 된다. 그렇게 때때로 불어닥치는 돌풍과 흩날리는 눈보라 속을 걷고 있는 작은 사람의 그림자는, 가끔씩 발을 멈추었다가 또다시 바람 사이를 뚫으며 전진하기를 반복하고 있었다. 어제의 지친 피로감에서 회복했다고는 단정 지어 말할 수 없지만 착실하게 나아가는 그녀의 발걸음에서 어딘가 강한 힘을 느낄 수 있었다.

당할 수 없는 사람이라며 다시 한 번 감탄했다.

아직은 모두가 잠들어 있어야 할 동트기 전의 이른 시각에 조심히 오두막에서 빠져나온 하루나는 전날 겐조가 추락했던 지점까지 돌아가서 두고 온 짐들을 회수해온 것이다.

가나코가 놀란 것은 그녀의 빼어난 체력뿐만이 아니었다. 절망적이라고도 할 수 있는 어제저녁의 상황부터 지금에 이르기까지, 묵묵하고 담담하게 자신의 책임을 다해나가는 그녀의 강인한 정신력이야말로 가히 감탄할 만한 것이었다.

가나코는 자신도 모르게 손을 올려 머리 위로 흔들었다. 살짝 망설이던 모습으로 서 있던 상대방은 곧바로 얇은 손을 힘껏 올려 좌우로 흔들며 대답해주었다.

저리도 작은 몸으로 어떻게 하면 흔들림 없이 강하게 나아갈 수 있는 것일까? 가나코는 물어봐야겠다고 생각했다.

"나는 살아 있는 건가……."

"지금은 그러네요."

이른 아침의 햇살 속에서 고지로는 가볍게 눈살을 찌푸렸다.

밤이 물러가고 눈을 뜬 겐조는 그곳이 조가타케 베이스캠프의 겨울 오두막이라는 것을 인지하고, 전날에 있었던 일들이 꿈이 아니었음을 깨닫게 되었다.

오른손, 왼 다리가 움직여지지 않는 상태이지만 체력 자체는 의외로 나쁘지 않았다. 자각할 수 있는 것은 몸에 조금 열이 있다고 느끼는 정도?

좁은 오두막 안에서 멀찌감치 보이는 것은 구석에서 짐을 꾸리고 있는 한 남자였다. 겐조는 일단 인사와 함께 말을 걸었다.

"이제 출발하는 건가요?"

"원래는 오늘 중으로 가미코치까지 내려갈 예정이었으니까요."

"그랬군요……."

"말해두겠는데요. 업고 내려갈 생각은 없어요."

"그런……."

놀라서 대답하는 겐조가 그대로 말을 멈춰버린 것은 돌

아보는 남자의 눈에서 생각지 못한 뾰족한 빛을 느꼈기 때문이었다.

"당신, 죽을 작정이었지?"

갑작스러운 목소리는 밝아오는 아침의 빛 속에서 무겁게 울리고 있었다. 햇빛이 어딘가에 가로막힌 것일까. 갑자기 오두막 전체가 어둑어둑해졌다.

"이마에 있는 상처에는 타월을 두르고, 오른손은 장갑을 벗고 있고, 주머니에 있던 담배는 빠져나와 있고. 가타시마 씨는 아무 말도 하지 않았지만 당신 죽으려고 했던 거 맞지?"

담담한 말투였지만 목소리에는 조용한 분노가 담겨 있었다. 그 분노의 이유가 무엇인지는 알 수 없었지만 변명을 시도해봐야겠다고 느낀 겐조는 곧바로 입을 열었다.

"처음부터 죽을 작정으로 온 건 아니었습니다. 그저 돌아갈 장소를 잃어버리고 나니, 살아야 할 이유를 못 찾게 되었어요. 그런 해이해진 의식을 갖고 있어서 떨어져버린 것이라고 말한다면 그럴지도 모르겠지만……."

"정말로 한심하기 짝이 없는 얘기네요."

고지로가 던져버린 배려 없는 목소리에 겐조는 철렁하고 가슴이 내려앉았다. 자기보다 훨씬 어린 남자가 이런 태도를 보이는 데 아무리 겐조라도 그냥 잠자코 있을 수는 없었다.

"그렇게 말을 잘라버리면 내가 할 말도 없어지지 않소? 사람에게는 각자가 품고 있는 사정이라는 것이 있습니다. 오래 살다 보면 더욱 그러하고. 당신들처럼 젊은 사람들은 알 수 없겠지만……."

"아아, 그래요? 절대로 모르겠네요."

또다시 간단하게 말을 잘라버렸고 대화는 끝이 나버렸다. 이야기의 실마리를 잡으려고 해도 상대방은 전혀 관심이 없다는 듯이 등을 돌리고 싸던 짐을 다시 꾸리기 시작했다.

굳은 웃음을 띠고 한숨을 쉰 겐조에게 갑자기 남자의 목소리가 들려왔다.

"살아가는 것은 힘든 일투성이거든?" 짐을 계속 정리하면서 말했다. "가끔씩은 발이 미끄러져서 산길에서 떨어지는 일도 있어. 그렇지만 떨어진 뒤에도 숨이 붙어 있다면 확실하게 몸을 일으켜서 벼랑 끝까지 참고 올라오며 버티는 노력 정도는 해야 하는 거야. 장갑을 벗고 담배를 피우고 우는소리만 늘어놓는 것 말고도 할 일은 얼마든지 있어. 살아가야 하는 이유라는 것은 확실하게 살고 나서 생각하면 되는 거라고."

툭 하고 던져버린 말투였지만 그 말에는 절실한 무언가가 있었다. 그 말 하나하나가 희미하게 뜨거움을 품고 천천히 겐조의 가슴속으로 스며 들어왔다. 그는 되받아칠 말을 찾지 못한 채 그저 꼼짝 않고 젊은 남자의 등을 바라보고 있었다.

젊은 남자는 얼마 안 있어 한 번 한숨을 쉬고 나서 돌아보았다.

"그런 것보다 당신, 가타시마 씨에게 제대로 감사의 인사는 한 거야?"

'가타시마 씨?' 하고 눈썹을 움직인 겐조에게 젊은이는 오두막 문 쪽을 눈으로 가리켰다. 마침 커다란 가방을 멘 채, 눈을 한참 밟고 들어온 그림자를 보고 겐조는 더 많은 것을 떠올렸다.

자기보다 훨씬 몸집이 작은 여자가 그를 질질 끌듯이 오두막까지 데리고 와주었다는 사실은 꿈속의 일이 아니었나 보다.

겐조는 입을 다물고 몸이 움직일 수 있는 최대한으로 깊게 머리를 숙였다.

"무사하셔서 무엇보다 다행이에요."

빙긋거리며 미소를 보인 여자는 젊은 남자 쪽을 돌아보며 "아내분이 부르던데요"라며 밝은 목소리를 건넸다. 젊은 남자는 방금까지만 해도 무뚝뚝했던 태도와는 정반대로 기특하게 머리를 숙이고 나서 오두막을 나섰다. 그의 뒷모습을 지켜보던 겐조에게 하루나가 입을 열었다.

"기분은 좀 어떠세요?"

천천히 끄덕거리는 겐조에게 하루나는 안심이 된다는 듯이 미소를 보내주었다.

"왜 나를 구해준 거요?"

겐조의 갑작스러운 물음에 눈투성이가 된 가방을 내리던 하루나가 한순간 동작을 멈추었다.

"저 남자가 말했듯이 나는 살려는 노력도 하지 않은 채 그 바위에서 그저 하늘을 올려다보고 있었던 것뿐이었소. 당신은 그 사실을 눈치채고 있었을 거요. 그런데……."

"산은." 하루나가 조용하게 상대를 제지하듯이 입을 열었다. "산은 참 신기한 장소인 것 같아요."

내려놓은 가방 위의 눈을 털어내며 말을 이었다.

"사람이 품고 있는 슬픔이나 고통 같은 것도 산에게는 아무런 상관이 없는 것일 텐데 말이죠. 왠지 모르겠지만 이곳을 오게 되면 산에게 위로를 받는 것 같은 기분이 들어요."

하루나는 또다시 햇빛이 들어오기 시작한 문밖으로 눈을 돌렸다.

"저는 그런 산에게 몇 번이고 도움을 받아왔으니까, 이곳을 염치없이 죽기 위한 장소로 정하지는 말아주셨으면 해요."

당황하는 겐조를 돌아보고 하루나는 조심스럽게 쓴웃음을 지었다.

"이런 말까지 하고…… 너무 버르장머리 없죠."

겐조는 "아니……" 하고 중얼거리다가, 갑자기 그 눈보라가 치던 곳에서 본 하루나의 투명한 눈동자를 떠올렸다. 다정함이나 배려심이 넘치는 눈이 아닌, 어딘가에 차가움을 숨긴 조용한 눈동자였다.

하루나는 쓴웃음을 미소로 바꾸며 말했다.

"살아 있을 때, 때로는 산으로 도망치는 경우도 있어요. 그래도 산이 좋다면 이곳을 슬픈 장소로 만들지는 말아주세요. 산은 다시 돌아가기 위해서 오르는 거니까요."

"나에게는…… 그…… 돌아갈 장소가 없소."

"저도 그렇게 생각하던 시절이 있었어요."

예상치 못한 대답에 겐조는 문득 얼굴을 들었다.

하루나는 오히려 조그맣게 미소를 보여주고 “그래도”라고 말했다.

“돌아갈 장소 같은 건 자기 자신이 만들어가는 거예요.”

밝게 울리는 그녀의 목소리에 겐조는 쿵 하고 가슴을 맞은 기분이 들었다.

눈앞에서 천진난만하게 웃고 있는 그녀의 얼굴 한편에서 나이와는 어울리지 않는 성숙하고 원숙한 기운을 느꼈다. 겐조는 더 많은 것을 물어보고 싶은 마음이 치솟았지만 결국 해야 할 말의 단어를 떠올리지 못했다. 그저 귀에 남아 있는 하루나의 말을 중얼거리듯이 머릿속에서 반복하고 있을 뿐이었다.

“돌아가기 위해 오른다……라…….”

‘산이 좋다면 걸어주세요.’

그 몽롱한 의식 속에서 눈앞의 여자가 던졌던 말이 떠올랐다. 그때의 겐조는 확실하게 걸어 나갔던 것이다.

“저 사람들도 똑같아요. 매년 이곳에 와서 포용할 수 없는 슬픔을 조금이라도 치유 받고 또다시 원래의 자리로 돌아가는 거예요.”

하루나의 목소리에 빠져들어 창밖으로 눈을 돌린 겐조는 눈밭의 저편에서 아침 해를 향해 두 손을 합장하고 서 있는 부부의 모습을 보게 되었다. 두 사람은 때때로 눈보라가 올라가는 세찬 바람 속에서 미동도 하지 않고 손을 모은 채 서 있다.

"무슨 슬픔요……?"

"장례 등산이라고 말했어요."

"장례…… 등산?"

"3년 전에 죽은 아들을 위한 장례 등산."

겐조는 가슴속의 깊은 곳이 쑥 하고 가라앉는 기분이 들었다.

"산을 굉장히 좋아하던 아이였고 계속 마쓰모토다이라에서 보이는 조넨다케에 올라가보고 싶다고 말했대요. 그런데 초등학교에 입학하고 얼마 안 되어 희귀병으로 세상을 떠났다고……."

구름 사이가 커다랗게 벌어진 탓인지 눈이 부실 정도의 아침 해가 내리쬐고 있었다.

"오늘이 그 아이의 기일이라고 하네요."

그렇게 말하고 하루나도 다시 손을 모았다.

"말해버렸어, 하루나 짱한테."

가나코의 목소리가 들리자 고지로는 묵도를 하다가 얼

굴을 올렸다.

"뭘?"

"고스케 이야기."

고지로는 가볍게 눈을 깜빡거렸다.

"안 되는 거였어?"

"안 되는 건 아니지. 그냥 놀란 것뿐이야."

고지로는 또다시 서쪽의 호타카 연봉으로 눈을 돌린다. 어제는 거의 볼 수 없었던 오쿠호타카다케의 유명한 봉우리가 조각조각난 구름 틈새에서 모습을 드러내며 등 뒤로 내리쬐는 아침 해를 받아 선명하게 빛나고 있었다.

"이제 남에게도 얘기를 꺼낼 수 있게 됐구나."

"슬슬 행복해지지 않으면 안 되잖아."

고지로는 신기할 만큼 후련한 표정을 짓고 있는 아내를 보고 깊은 감회에 빠지며 크게 끄덕거렸다.

"3년 전하고 비교해보면 꽤 정상적인 얼굴로 돌아왔어."

"뭐야 그게. 마치 나만 혼자서 상태가 나빴던 것 같잖아."

"상태 안 좋았었잖아. 게다가 상처도 받고 괴로워하고도 있었지. 나보다 더, 계속."

고지로는 아내에게 향했던 따뜻한 눈을 갑자기 험한 빛으로 바꾸고 오두막 쪽을 쏘아보았다.

"그렇다고 해도 가나코는 힘내서 여기까지 온 거야. 대단한 거지. 나이를 지긋하게 먹고서, 끙끙 앓기만 하다가 목숨을 내던져버리려고 하는 쓸데도 없는 인간도 있는데 말이야."

오두막 창문의 안쪽은 어두워서 보이지 않았다.

오히려 가나코가 쓴웃음을 지었다.

"고 짱, 그런 점은 변함없이 가차 없구나."

"가차 없는 것도 아니야. 살아 있을 때 죽고 싶어지는 순간은 산처럼 많이 있어. 그럼에도 산다고 하는 선택지를 고를 수 있는 것만으로 우리는 행복한 거야. 무슨 일이 있었는지는 모르겠지만 저 나이가 되어서 돌아갈 장소가 없다고 하다니, 건방진 고민인 거지."

또다시 햇빛이 숨어버렸고 어둑어둑해진 하늘을 올려다보며 고지로가 말했다.

"그런 쓰레기를 가타시마 씨는 목숨을 걸고 데리고 오고, 저렇게 정중하게 얘기를 들어주면서 친절히 대해주다니 진짜 대단한 미인이야."

"미인인 건 지금 대화에 상관없는 부분 아냐?"

웃고 있는 가나코에게 고지로는 딱딱한 표정을 풀지 않았다.

"가타시마 씨, 날이 밝을 때까지 옆으로 누운 채로 계속 오른 손가락을 움직이고 있었어. 아마 동상 직전이었던 것 같아."

순간 가나코의 얼굴에서 웃음이 사라지고 굳어버렸다.

"괜찮은 걸까?"

"모르지. 그런데 본인이 아무 말도 하지 않고 있는데 내가 옆에서 참견할 수도 없는 거잖아. 나는 그저 샐러리맨일 뿐이고 저쪽은 프로 산악인이니까."

가나코는 이해가 되었다는 듯 부드럽게 웃음을 띠었다.

"그걸로 쓸데없이 더 화가 났던 거네."

"맞아. 그런데도 가타시마 씨 본인은 계속 생글생글 웃으면서 아무 말도 하지 않으니까 보고 있는 쪽이 오히려 짜증이 나. 왜 저렇게 착한 걸까?"

"착한 게 아니고 엄격한 거야. 자신에게."

갑작스러운 가나코의 말에 고지로는 어리둥절한 표정으로 아내를 돌아보았다.

"아까 하루나 씨한테 물었어. 어떻게 하면 그렇게 강하게 살아갈 수 있는 거냐고. 그랬더니 자기는 강한 게 아니래. 그저 후회하고 싶지 않은 것뿐이래."

"후회?"

"알고 있었어? 하루나 씨도 어릴 적에 부모님이 돌아가신 거."

"어디선가 읽은 적 있어. 『고독한 여성 사진가』인가에서. 그런데 출판사에서 매출을 올리려고 그냥 적어놓은 건가 생각했는데……."

어릴 적에 나는 항상 외톨이라고 생각해왔어요, 가나코는 조용히 고하는 하루나의 차분한 옆모습을 떠올렸다.

어릴 적에 아버지와 어머니를 잇따라 잃고, 거의 본 적도 없던 친척집에서 자란 하루나에게는 언제나 풀리지 않는 불안과 고독이 따라다녔다고 했다. 그 생각이 그녀를 산으로 인도했던 것이다.

"그래도 산속에서 여러 사람들과 만나면서 조금씩 알게 되었어요."

아침 해를 받아 하얗게 빛나는 호타카 연봉을 쳐다보며 하루나는 조용한 목소리로 가나코에게 말했다.

"외톨이는 나 혼자만이 아니라는 거, 사람은 모두 혼자라는 걸요."

생각지도 못한 이야기에 가나코는 곤란한 얼굴로 그녀를 쳐다보았다.

"세상에 혼자라는 건 기쁜 일도 슬픈 일도 전부 혼자서 받아들여야 한다는 뜻이기도 해요. 그렇다면 그런 매일을 소중하게 쌓아 올려서 나중에 후회하지 않도록 살아가고 싶어요."

"그거…… 왠지 너무 힘든 일 아니에요?"

가나코의 반응에 하루나는 미소를 띠며 고개를 좌우로 흔들었다.

"정말로 괴로운 것은 자기만 외톨이이고 혼자라고 생각하는 거예요. 그렇게 되면 무슨 일이든 던져버리게 되고 말아요. 그런 건 틀린 거고, 슬픈 일이고, 무엇보다 멋있지가 않잖아요."

멋있지가 않다는 뜬금없는 말이 이상하게도 딱 들어맞는 말 같아서 가나코는 저도 모르게 웃어버렸다.

"……이상한가요?"

"아뇨, 이상하지 않아요."

이상할 리 없었다.

가나코는 정말 그렇게 생각하고 있었다.

해결할 수 없는 고민도, 던져버려야 했던 계기들도 산처럼 있었을 텐데 이 작은 등산가는 그런 매일을, 마치 정말로 산을 오르는 것처럼 한 발자국 한 발자국 진지하게 걸어왔던 것이다.

"하루나 씨가 왜 '멋진 사람'인지 대충 알 것 같은 기분이 들어요."

"멋있지도 않아요. 저 꽤나 어두운 성격이라."

난감해하며 고개를 젓는 하루나를 가나코는 잠시 눈이 부신 듯 실눈을 한 채 쳐다보았다.

"대단한 이야기네."

가나코의 이야기에 귀를 기울이고 있던 고지로는 순수한 마음으로 감탄하고 있었다.

바람이 잦아들고 두 사람을 둘러싸고 있던 눈꽃들은 눈이 부시게 빛나고 있다.

"나였다면 그런 사정만으로 일단 제일 먼저 삐뚤어졌을 거야."

"실제로 하루나 씨도 삐뚤어졌던 적이 있었나 봐. 꽤나 무모한 등산을 하던 시기도 있었다고 해. 그렇게 지독하거나 지나친 경험도 해봤으니까 저리 젊은데도 산에 대한 경험을 충분히 갖고 있는 것일지도 모르지."

"그러네."

고지로는 하늘을 올려다보며 하얀 입김을 내뱉었다.

"어떻다 한들 우리보다 어린 나이인데도 그렇게 살아간다는 건 역시 대단한 거야."

"신슈에 와서 신기한 사람과 만나게 되었대."

"응?"

"예전에는 산에 오면 산에게 질 것 같은 기분이 들던 때도 있었는데, 지금은 그 사람이 자기가 돌아오는 것을 기다려주고 있기 때문에 어떤 눈보라 속에서도 반드시 이기고 돌아가게 되었다고 말하더라. 너무 멋진 얘기지."

"뭐야. 가타시마 씨, 남자친구 있는 거야?"

"뭐야라니? 실망한 듯이. 부인 앞에서."

힐끗 하고 남편을 째려보는 가나코의 머릿속에는 기쁜 듯이 이야기하던 하루나의 웃는 얼굴이 떠올랐다. 하루나가 산에서 돌아오는 날은 늦더라도 최대한 잠들지 않고 기다려주고 마중을 나와 주는 사람이라고 했다.

그런 이야기를 해주다가 갑자기 정신을 차리려는 듯이 "산에 오면 왠지 모르게 괜한 말까지 해버리네요"라며 얼굴이 붉어졌던 그녀의 모습은 고고한 사진가의 이미지와는 상당히 먼, 그저 부끄러움이 많은 소녀의 모습이었다.

"분명히 지조 없고 경박한 누구와는 다르게 좋은 사람이 기다리고 있을 거야."

"지금 뭐라고 했어?"

이상하다는 얼굴을 하고 있는 고지로에게 가나코는 웃

으며 어깨를 씰룩거렸다.

"어쨌든 훌륭한 사람이래. 항상 알기 어려운 얼굴로 고민하고 있고 조금은 옛날 사람 같은 말투를 쓰기는 하지만 일단은 열심히 사는 모습이 멋있는 사람이래."

흐음, 하고 고개를 갸웃거린 고지로는 조심스럽게 입을 열었다.

"……그런데 그게 정말로 멋있는 건가?"

"나도 똑같은 생각을 했는데."

두 사람은 얼굴을 마주 보고 함께 웃었다.

'살아가야 하는 이유라는 것은 확실하게 살고 나서 생각하면 되는 거라고.'

오두막 천장을 쳐다보는 겐조의 귓가에 고지로가 한 말이 울리고 있었다.

'돌아갈 장소 같은 건 자기 자신이 만들어가는 거예요.'

바로 방금 전 들었던 가타시마 하루나의 목소리도 울리고 있다.

머릿속을 뱅글뱅글 돌고 있는 말과 싸우면서 겐조는 오두막 가운데로 시선을 돌렸다.

거기에는 하루나와 누노야마 부부 세 명이 둥글게 의자

에 앉아, 이 시간 이후부터 어떻게 해야 하는지에 대해 이야기를 나누고 있었다.

이른 아침, 조각조각 찔러 넣고 있던 햇빛이 지금은 비교적 긴 시간 동안 밝게 집 밖을 비춰주고 있는 듯했다. 바람 소리도 지난밤과 비교해보면 어느 정도 양호해진 것 같다. 그런 완만한 바람 소리 속에서 세 명은 최소한의 대화를 해나가고 있었다. 침묵이 찾아올 때마다 그 침묵을 묻어버리는 것은 옆에 매달려 있는 라디오에서 띄엄띄엄 흘러나오는 날씨 예보였다.

겐조는 신기한 고산식물이라도 발견한 듯이 세 명을 응시했다.

거기에는 슬픔이 있었고 고뇌가 있으며 우울한 감정도 있었다. 이 가혹한 조건 속에서 중상을 입은 부상자를 어떻게 해야 하는 것인지에 대한 선택지는 결코 많지 않다. 그 분명한 현실이 한층 저 세 명의 사람들을 과묵하게 만들고 있었다.

"먼저 가세요. 나는 상관하지 마시고."

겐조는 자기도 모르게 입을 열어버렸다.

모두가 돌아보았다. 그중에서 고지로가 처음으로 입을 열었다.

"자살 지망생인 부상자는 조용히 좀 해줄래요. 우리는 살아갈 궁리를 하고 있으니까."

내뱉는 말에는 거침이 없었다.

그의 솔직함이 오히려 기분 좋게 들렸고 겐조는 여유를 가지고 응할 수 있었다.

"나도 살아갈 궁리를 하고 있네."

고지로가 얼굴을 찡그렸다.

겐조는 그대로 말을 이었다.

"날씨는 어제와 비교해보니 좋아지고 있는 것처럼 보이지만 저녁이 되면 또다시 악화될 걸세. 그리고 그 후에 최소한 이틀간은 한 단계 더 강한 폭풍을 동반한 눈이 계속되지. 즉 3일 후 아침까지는 구조대가 올 수 없다는 얘기이네. 하지만 여기에는 연료도 식량도 정해진 양밖에는 없으니 오전 중에 한 사람이라도 산을 내려가는 편이 살아남을 확률은 확실히 늘어나게 되지."

잠깐의 침묵 후 다시 고지로가 입을 열었다.

"동이 텄을 때와 비교해보면 구름도 줄어들고 있는데 이 날씨가 또다시 괴팍해진다고? 저체온증 환자의 예보를 믿으라고?"

"의사청천(擬似晴天)이라고 알고 있나?"

겐조의 물음에 고지로는 조용히 고개를 저었다.

"바다에 약한 저기압이 생기고 기압경도(어느 한 등압선과 다음 등압선 사이를 측정한 거리에 대해 기압이 변화하는 비율 - 옮긴이)가 일시적으로 느슨해짐에 따라 나오는 잠깐의 맑은 날씨지. 원래가 고기압에 의한 맑은 날씨가 아니니 금방 다시 매섭게 변할 거요. 잘못 파악하면 목숨이 위험해질 수도 있네."

"그렇게 상세한 일기예보의 근거는 무엇이죠?"

조용히 물어본 사람은 하루나였다.

"거기에 걸려 있는 라디오에서 흘러나오고 있는 날씨 예보를 토대로 날씨 그림을 그려보았소."

"날씨 그림?"

"물론 머릿속의 이야기이고 30년 전의 지식이니까 꽤 조잡한 것이긴 하지만."

잠시 동안의 침묵은 방금 전의 침묵과는 조금 다른 느낌이었다. 하루나는 생각을 정리하려는 듯이 살짝 눈을 감았다. 젊은 부부는 얼굴을 마주 보고 있었다.

"신뢰하지 못하는 마음도 알겠지만 저체온증에 의한 정신 착란은 아니라고 생각해."

"……될 대로 되라던 자살 희망자가 갑자기 무슨 바람

이 분 거지?"

"솔직히 나도 잘 모르겠네. 그저 당신들을 보고 있자니 내가 할 수 있는 것을 해주고 싶다는 생각을 한 것뿐일세."

겐조는 자신이 생각해도 이상할 정도로 맑은 마음가짐으로 대답하고 있었다.

"이 몸이 앞으로 얼마나 버틸지는 모르겠지만 나도 산을 좋아하는 사람 중 한 명이네. 하루나 씨가 말한 대로 돌아가기 위해 오르는 것이 산이라면 지금부터라도 그렇게 살기 위해 힘을 쏟아보고 싶다는 생각이 들었네. 만약 최종적인 결과가 불행으로 끝난다고 해도 말이야."

마지막 그 한마디로 조금도 움직이지 않고 모두를 바라보고 있던 가나코가 희미하게 어깨를 떨고 있었다.

'의외로 내가 멋있는 말을 한 것일지도 모르겠군.'

겐조는 왠지 유쾌한 기분과 함께 몸속이 따뜻해짐을 느꼈다.

"어쩌면 이 분이 말씀하신 것이 현 상황에서는 최선의 선택지일지도 몰라요." 하루나가 입을 열었다. "이 이후에 날씨가 나빠진다고 한다면 더욱이 두 분은 곧바로 출발하는 편이 좋을 것 같네요. 나가카베의 하산 코스는 눈과 바람이 맞닥뜨리면 한순간에 난이도가 높아져버리거든요."

"그런데 가타시마 씨는요?"

"저는 원래부터 며칠간은 하산하지 않고 사진을 찍으려고 했으니 서두를 이유는 없어요. 장비도 식량도 연료도 쓸 만큼은 갖고 있어요."

놀라는 두 사람을 제지하듯이 이어서 말했다.

"헬기가 올 때까지 최소한 앞으로 이틀. 그동안 몸을 전혀 움직일 수 없는 이 분께 물을 끓여주고 수프를 만들어 주는 것 정도는 촬영 일정에 넣어도 크게 부담이 되지는 않아요. 하지만 두 분은 상황이 다르잖아요. 남아 있으면 이 분이 말하는 대로 오히려 위험 부담만 늘어날 뿐이에요."

긴장을 동반한 침묵이 찾아왔다.

그 침묵을 흔드는 바람 소리가 기분 탓인지 아까보다 더 강해진 듯했다. 잠시 미동도 하지 않고 시선을 떨구고 있던 고지로는 갑자기 일어나며 대답했다.

"남아 있다고 한들 의미가 없다는 것은 잘 알고 있습니다. 그럼 우리는 출발합니다."

"고 짱……."

망설이는 파트너를 돌아보며 대답했다.

"멋이 없을지는 모르겠지만 우리는 살기 위해 이곳에 올라왔어. 영웅이 되고 싶은 마음에 목숨을 잃게 되면 고스케도 기뻐하지 않을 거야."

그대로 천천히 자신들의 가방을 끌고 나왔다.

드디어 짐 정리를 끝낸 그 가방을 투박하게 열고는 들어 있던 컵라면과 쿠키 등을 옆 탁자 위에 꺼내놓았다.

"비상용으로 준비해 온 이틀분의 식량이니 대단한 양은 아니겠지만 두고 갈게요. 거기 부상자가 먹을 양 정도는 되겠죠."

"내 것까지는……."

입을 연 겐조를 고지로가 강하게 제지했다.

"여자 한 명과 부상자를 두고 가버리지 않으면 안 되는 우리의 마음도 헤아려주세요. 이건 당신을 배려했다기보다 우리의 문제이니까."

"하지만 그건 자네들이 위급한 상황에 먹어야 할 것을 내가 뺏는 거잖소. 만일 하산하다가 눈에 휩싸이거나……."

"우리는 오늘 중으로 도쿠사와까지 반드시 내려갑니다. 날씨가 괴팍해지기 전에 꼭."

싫든 좋든 밀어붙이는 태도로 말하는 고지로는 과장된 몸짓으로 어깨를 움츠리더니 다시 말했다.

"나도 그렇고 가나코도 이 코스에는 충분히 익숙한 상태고 기운도 체력도 충분합니다. 혼자서 주눅 들어 있는 누구하고는 다르다고요."

또 그렇게 말하네, 하고 옆에 서 있는 여자는 나지막하게 웃고 있다. 자그마한 웃음이었지만 겐조가 당황할 정도로 낭랑한 웃음소리였다.

"뭐, 하루나 씨가 그렇게까지 멋진 모습을 보여주었으니까 우리도 어쩔 수 없잖아요."

무뚝뚝하게 고지로가 응한다.

비록 지금에 와서이지만 겐조는 이해할 수 있었다.

이 젊은 부부는 그저 밝고 건방지기만 한 것이 아니었다. 헤어나오기 힘든 슬픔과 열심히 마주했고, 그리고 그 슬픔을 극복해온 것이다.

"말해두겠는데 당신이 자살하려고 했다가 살아남겠다고 마음을 바꿨다고 하니까 소중한 식량을 두고 가는 겁니다. 제 내일 식량까지 들어 있으니 나중에 두 배로 돌려주세요."

반대편에 앉아 있던 하루나는 아무 말도 하지 않았다. 그저 조용하게 웃음을 띠며 끄덕거릴 뿐이었다.

겐조는 반쯤 멍한 상태로 눈앞에 보이는 세 명의 등산객을 바라보는 것밖에는 할 수 없었다.

그 잠깐 동안의 침묵 속에서 갑자기 고지로가 "뭡니까"

하며 당황함에 눈을 찌푸렸고 그제야 겐조는 처음으로 자기가 울고 있다는 사실을 알게 되었다.

동상으로 인해 보랏빛으로 말라버린 뺨 위로 한 줄기, 두 줄기의 얇은 빛이 떨어지고 있었다. 쉰 살의 남자가 그저 흐르는 대로 눈물을 흘리며 어깨를 흔들고 있다.

눈물방울이 무릎에 떨어진 순간 겐조는 깊숙이 세 명을 향해 머리를 숙였다.

아무런 말도 없었다.

부피가 줄어든 짐을 짊어진 부부는 하루나에게 짧은 이별 인사를 하고 그대로 오두막 출입문으로 향했다.

겐조는 눈물을 머금은 채 몸속 깊이 힘을 주어 고했다.

"나는 꼭 살아서 돌아갈 걸세!"

목소리는 바람 소리에 지지 않을 확실함으로 오두막 안을 울렸다.

발을 멈춘 고지로는 어깨 너머로 흘끗 쳐다보았지만 아무 말도 하지 않은 채 금세 바람 속으로 사라져갔다.

그 뒤로 그는 지난 며칠간을 정확히 기억할 수 없었다.

오두막 구석에서 누운 상태로 그저 한결같이 들리는 바람 소리를 들으며 갑자기 욱신거리기 시작한 오른손의 마비 증세와 단속적으로 찾아오는 왼발의 통증, 그리고 오르락내리락하는 발열 증세와 싸우는 시간이었다.

날씨는 겐조가 예측한 대로 누노야마 부부가 떠나간 후, 점점 악화되었고 한밤중에는 눈보라가 몰아쳤다.

바람은 이따금씩 작은 오두막을 날려버리는 것은 아닌지 걱정될 정도로 굉음을 내며 울어댔고 꾸벅꾸벅 얕은 잠에 빠져 있는 겐조를 끊임없이 위협했다.

잠자고 있는 틈에 오두막 바깥을 살피기 위해 출입구로 향했던 하루나가 곧바로 돌아오는 모습도 보았다. 그녀는 체력을 비축해두어야 했고 오두막 구석에서 꼼짝 않고 마치 시간이 멈춘 듯 앉아 있었다.

하루나는 겐조가 경탄할 만큼 참을성 있는 모습이었다.

시간과 함께 답답해지는 공기 속에서도 특별한 변화를 보이지 않고 담담하게 음식을 준비하고 바람이 잦아들면 카메라를 들고 나갔다, 또 어느새 돌아와 있었다.

원래부터 핏기가 옅은 그 볼에는 피로의 색이 천천히 축적되고 있었지만 그럼에도 그녀의 작업은 담담히 계속되었다.

몽롱한 의식 속에서 겐조는 갑자기 눈치챘다.

이 사람은 혼자서 싸우는 방법을 알고 있다…….

그 사실은 바꿔 말하면 이 여자가 얼마나 깊은 고독과 싸우고, 극복해왔던 것인지를 방증해주고 있는 것이다.

그에 비해 나란 놈은…….

정리되지 않는 생각 속에서 겐조는 경탄하고 자문하고 번민하고 머지않아 잠들어버렸다.

갑자기 오두막 문이 열리는 소리가 들려왔고 거친 발소리와 함께 남자들이 들이닥친 것은 그로부터 3일 후가 아니었을까.

들것에 실린 겐조의 의식은 상당히 위험한 상태였다. 그렇게 위험하고 혼미한 시야 속에서 올려다본 하늘은 모든 것이 꿈이었다고 생각될 정도로 구름 한 점 없이 맑게 갠 쾌청한 날씨였다.

조금 뒤 굉음과 함께 가까이 다가오는 쇳덩이가 보였고, 정신을 차렸을 때는 마쓰모토다이라의 응급 병원 침대 위에 누워 있었다.

헬기에 실리기 직전 "모든 것이 당신이 말한 날씨 그림대로였네요"라며 밝게 웃고 있는 하루나의 얼굴을 본 것 같은 기분이 들었지만 정확하지는 않았다.

산속 오두막으로 뛰어 들어온 구급대원의 얘기에 의하면 가타시마 하루나는 스스로 헬기를 타지 않겠다고 말했다고 했다.

"저는 알아서 내려갈 수 있어요. 얼른 그분을 모셔다주세요."

마치 산속에 사는 여신님 같았다는 둥 시끄러운 헬기 안에서 구급대원들의 진심이 섞인 대화를 들은 듯한 기억도 있지만 그 역시도 꿈속에서의 이야기일지 모른다.

그를 진찰한 의사들은 만신창이가 된 겐조의 상태와 3일간 오두막에서의 시간을 전해 듣고 모두 놀란 목소리를 냈다.

"잘도 살아서 돌아왔네."

반 정도 질린 얼굴을 하고 그렇게 말하는 의사들을 향해 겐조는 자기도 모르게 쉰 목소리로 대답했다.

"돌아가기 위해…… 오른 겁니다."

바로 그때, 창문에서 바깥으로 눈을 돌려보니 아즈미노의 저편에는 하얗게 빛나는 조넨다케의 당당한 산맥이 보였고 겐조는 침대 위에서 눈이 부신 듯 눈을 흐리게 떴다.

맑은 하늘을 잘라내듯 빛나는 하얀 능선은 아무 일도 없었던 것처럼 태연하게 정좌를 하고 있다. 하늘도 구름도 대지도 그 구석에서 일어났던 사소한 이야기에는 아무런 관심도 보이지 않고 그저 유연하게 각자의 시간을 만들어내며 꿈쩍도 않고 있었다.

겐조는 움직이지 않는 산의 능선을 그저 가만히, 조용히 계속 바라보았다.

"마쓰모토…… 마쓰모토입니다."

밤의 마쓰모토역 플랫폼에 한가롭고 느슨한 안내 방송이 울려 퍼지고 있었다.

밤 11시 1분. 7번 홈에 도착한 열차는 신시마시마를 출발해서 마쓰모토역에 도착하는 마쓰모토 전철의 마지막 열차이다. 문이 열린 전철에서 홈으로 내려선 가타시마 하루나는 눈이 부신 형광등 때문에 실눈을 뜨면서 한 번 크게 심호흡을 했다.

돌아왔다…….

하루나가 산에서 내려온 것을 제일 처음 실감한 곳이 이 7번 플랫폼이었다.

겨울, 그리고 평일. 밤 11시가 넘은 탓에 플랫폼에는 지나다니는 사람의 모습이 많지 않았다. 있다고 해도 두꺼운 코트나 다운점퍼를 볼까지 감싸고 빠른 걸음으로 지나쳐 가는 몇 명이 있을 뿐이었다.

그들 중에 20킬로그램이나 되는 커다란 가방을 등에 멘 하루나의 모습은 눈에 띌 수밖에 없는 존재였지만 결코 그렇게 기이한 모습으로 보이지 않는 곳이 바로 이 마쓰모토라는 지역이다. 눈 덮인 산에서 내려온 것임을 확실히 알 수 있기에 어느 정도는 감탄의 눈길로 쳐다보는 사람도 있었다.

올려다보니 밤하늘에는 담담히 눈이 흩날리고 있었다. 그 눈을 쫓아버리듯이 4번 노선에서는 회송열차로 바뀐 특급열차 '아즈사'가 조용히 미끄러져 들어왔다.

정적에 잠겨가는 홈에 선 채로 하루나는 잠시 자신의 오른손으로 시선을 돌렸다. 약지와 새끼손가락 끝이 아직 조금 빨갛게 부어올라 있지만 통증은 없다. 희미하게 저려오는 느낌은 있지만 움직임에 문제는 없었다.

하루나는 희미하게 끄덕거리고는 늘 그랬듯 침착한 발걸음을 내디뎠다.

개찰구를 빠져나와 역사를 나왔다.

역 앞의 전광판에 보이는 영하 5도라는 불빛도, 팔랑팔랑 내리는 함박눈도 조넨산맥에서 돌아온 하루나에게는 그저 그리운 풍경일 뿐이다.

그렇게 돌아가는 길을 재촉하는 그녀의 마음을 차지하고 있는 것은 어수선하고 긴박했던 겨울 산의 기억이 아니다. 지금도 하숙집에서 그녀가 돌아오길 기다리고 있을 한 하숙생의 모습이었다.

구리하라 이치토라는 청년이 조금은 피곤한 얼굴로 쓴 웃음을 짓고 있는 모습이 하루나의 머릿속에 떠올랐다.

참 이상한 일이라고 그녀는 생각했다.

아직 만난 지 채 1년이 지나지 않았고, 또한 언제나 바쁜 듯 보여서 그만큼 많은 이야기를 나눈 것이 아닌데도 하루나의 내면에 청년의 존재가 조금씩 커져가고 있었다.

그 이유를 하루나 자신은 아직 확실히 알 수 없었다.

단지 매일을 열심히 앞으로 달려 나가는 청년의 모습이 그녀의 가슴속에 자리 잡고 있었다. 그가 조금 지쳐 보이는 표정으로 웃는 얼굴이 화로 속의 불처럼 조용히 하루나의 마음 안쪽을 따뜻하게 데워주고 있는 것이다.

정말로 이상한 일이라며 그녀가 탄식했을 때, 어둑어둑한 골목길 저편에 불이 켜져 있는 2층짜리 낡은 가옥이 보였다.

걸음이 조금 빨라졌다.

울타리를 따라 총총걸음으로 걷고, 현관에서 징검돌을 건너 미닫이문을 열었다. 드르륵 하고 건조한 소리가 들리기 무섭게 구석 거실의 문이 열리고 복도에 불빛이 새어나왔다.

그 부드러운 불빛에 눈을 가늘게 뜨며 하루나는 역시 여기가 돌아올 장소였다고 마음속 깊이 끄덕거렸다.

그래서 하루나는 한 번 숨을 크게 뱉은 후 밝은 목소리를 울렸다.

"다녀왔습니다."

그녀의 맑은 목소리가 복도를 비추는 따뜻한 빛 속에 녹아들었다.

옮긴이 백지은

일본 쇼와여자대학교 일어일문학과를 졸업하고, 현재 전문번역가로 활동 중이다.

신의 카르테 0: 새로운 시작

1판 1쇄 발행 2018년 5월 2일
1판 6쇄 발행 2021년 10월 20일

지은이 나쓰카와 소스케 **옮긴이** 백지은
펴낸이 김영곤 **펴낸곳** (주)북이십일 아르테
아르테본부 문학팀 김유진 임정우 김연수 원보람
해외기획실 최연순 **디자인** soo_design
마케팅2팀 엄재욱 이정인 나은경 정유진 이다솔 김경은
출판영업팀 김수현 이광호 최명열
제작팀 이영민 권경민

출판등록 2000년 5월 6일 제406-2003-061호
주소 (우 10881) 경기도 파주시 회동길 201(문발동)
대표전화 031-955-2100 **팩스** 031-955-2151

(주)북이십일 경계를 허무는 콘텐츠 리더

아르테 채널에서 도서 정보와 다양한 영상자료, 이벤트를 만나세요!
인스타그램 instagram.com/21_arte **페이스북** facebook.com/21arte
포스트 post.naver.com/staubin **홈페이지** arte.book21.com

ISBN 978-89-509-7430-5 (04830)
978-89-509-7431-2 (세트)

책값은 뒤표지에 있습니다.